ISKA
HERBSTBLATT

ISKA

Herbstblatt

Eine Geschichte aus dem Leben

Roman

freie edition

© 2010
AAVAA Verlag UG (haftungsbeschränkt)
Quickborner Str. 78 – 80, 13439 Berlin
E-Mail: info@aavaa-verlag.de

Covergestaltung:
Dieter K.

Printed in Germany
ISBN 978-3-86254-334-2

Dieser Roman wurde bewusst so belassen,
wie ihn die Autorin geschaffen hat,
und spiegelt deren originale Ausdruckskraft
und Fantasie wider.

Alle Personen und Namen sind frei erfunden.
Ähnlichkeiten mit lebenden Personen
sind zufällig und nicht beabsichtigt.

Gewidmet den ausdrücklich namentlich
erwähnten Musikern von ILLUMINATE

1.

Und die Scheiben, sie sind blind
So blind, dass sich die Seele sehnt
Dem Tod ganz nah, ganz nah zu sein

Mit letzter Kraft zog Cosima die Autotür hinter sich zu. Nur weg hier, weiter konnte sie nichts mehr denken. Ihre zitternden Finger bekamen kaum den Schlüssel ins Zündschloss, während sie sich mit der linken Hand die Tränen aus den Augen wischte. Mechanisch legte sie den Gang ein und fuhr los. „Mich siehst Du nicht wieder!" sagte sie leise zu sich selbst. Ihre Wut und Enttäuschung übertrug sich aufs Gaspedal. Mit überhöhter Geschwindigkeit raste sie aus dem Ort. In ein paar Kilometern stand ein dicker Baum, an dem wollte sie diesen Qualen ein Ende setzen. Endlich nicht mehr leiden müssen, nie wieder so traurig sein, nie wieder … Sollte er doch sehen, wie es ohne sie war! Sollte er sich doch einen anderen Abtreter suchen!

Immer wieder musste sie sich die Tränen aus dem Gesicht wischen, sonst hätte sie die Straße nicht mehr erkannt. Na ja, nicht mehr weit, dann würde es zu Ende sein. Die Straße ging einen ganz leichten Anstieg hinauf, ehe sie zur nächsten Stadt hinab führte. Genau auf der Anhöhe der Baum, der sollte es sein. Bedachtsam lenkte sie nach links und löste ihren Sicherheitsgurt. Nichts wäre schlimmer, als wenn es schief ginge und sie überleben würde, vielleicht als Krüppel. Sie trat das Gaspedal weiter durch und atmete tief ein und aus.

Gleich … In diesem Moment erschrak sie! Selten kam ihr auf dieser Straße jemand entgegen, doch nun tauchte da aus dem Nichts ein anderes Auto auf, genau auf ihrer Spur, denn sie fuhr ja schon auf der Gegenfahrbahn. In wenigen Augenblicken würde es schrecklich knallen, das drang wie ein Blitz durch ihre Gedanken. Ja, sie wollte sterben. Doch die Menschen in dem anderen Auto nicht!

Die Entscheidung kam keine Sekunde zu spät. Cosima riss das Lenkrad nach rechts, ein Blick streifte das Auto, das in diesem Moment an ihr vorbei fuhr und durchdringend hupte. Ihr Wagen schoss über die Straße, sie versuchte gegen zu lenken, doch die Räder kamen von der Fahrbahn ab. Nur mit Mühe hielt sie das Lenkrad fest. Mit schlingernden Bewegungen brachte sie das Fahrzeug wieder auf die Straße. Vorsichtig bremste sie ab und hielt am Straßenrand. Sie rieb sich die Augen und schniefte durch die Nase. Wo war nur das blöde Taschentuch? In der Seitentür steckte noch eine Serviette, die musste es erst mal auch tun. Sie ließ den Kopf in die Hände sinken und lehnte so minutenlang am Lenkrad. Was war das nur gewesen? Sie lebte noch. Aber wie sollte es weiter gehen? Wer konnte ihr nur helfen? Der Mensch, den sie am meisten liebte, war nicht mehr für sie da.

Sie blickte auf, in die Richtung des nächsten Ortes und fuhr langsam wieder los. Zum Friedhof wollte sie fahren, zu den Gräbern Ihrer Eltern.

Cosima öffnete das eiserne Tor. Kein einziges Auto stand außer ihrem auf dem Parkplatz. Es dämmerte schon, schließlich war Herbst und es wurde früher dunkel. Langsamen Schrittes ging sie zum Grab ihrer Mutter. Sie hatten einige Jahre den üblichen Zickenkrieg zwischen Mutter und Tochter gehabt, doch als die Mutter tödlich verunglückte, da verstanden sie sich wieder sehr gut. Das hatte ihr immer geholfen in der Bewältigung ihrer Trauer. Und doch hätte sie noch so gerne mit ihrer Mutter gesprochen. Jetzt kniete sie vor dem Grab und weinte.

„Mutti, was soll ich nur tun? Wie soll ich das nur überstehen?" stellte sie die Fragen, auf die sie keine Antwort fand.

„Ich glaube, Du würdest mich verstehen. Ich habe Dich mal gesehen, da ging ich noch zur Schule, wie Du einen Kollegen geküsst hast! Kann es sein, dass Du einmal etwas erlebt hast, wie ich? Hättest Du mir raten können? Was kam danach?" Ihre Tränen tropften in den Sand. Sie erhob sich und wand sich zum Gehen.

Elf Sterbejahre später und damit ein paar Grabreihen weiter war das Grab ihres Vaters. Sie hatte ihn sehr geliebt, ohne wenn und aber. Als er an Krebs erkrankte, hatte sie zuerst gehofft, er möge gesund werden und dann, er möge nicht leiden. Es war sehr schnell gegangen vor einem Jahr.

„Ach Vati", fing sie an zu erzählen, „wenn Du wüsstest, was alles passiert ist im letzten Jahr."

Er hatte Robert gekannt, mit ihm hätte sie darüber sprechen können. Doch als der Vati noch lebte, da war noch alles ganz anders gewesen. Da war Robert noch ihr Chef gewesen und sonst nichts. Aber war dem Vati nicht auch mal seine Sekretärin etwas mehr gewesen …?

Plötzlich war ihr, als säuselte eine Stimme durch die Kronen der alten Bäume. Sie drehte den Kopf, um besser hören zu können und glaubte es ganz deutlich zu vernehmen:

„Erzähle es mir, lass es raus, meine Tochter. Es wird Dir helfen!" Sie lauschte noch einen Moment, doch nun war wieder tiefe Stille. Nur ab und zu fiel ein Blatt vom Baum.

„Es ist spät heute, Vati. Ich komme morgen wieder, dann werde ich es Dir erzählen. Ich werde lieber gehen, sonst schließt mich noch jemand ein, es ist ja schon völlig dunkel." Cosima küsste die Rosenblüte, die sie ein paar Tage vorher in die Vase gestellt hatte, und ging den Weg zurück. Am Grab ihrer Mutter machte sie noch mal kurz halt.

„Bis morgen, Mutti!" Noch vor einer Stunde hatte es für sie kein Morgen mehr geben sollen.

Cosima stieg ins Auto und fuhr nach Hause. Als sie an der Stelle des Beinahe-Unfalls entlang kam, hätte sie schwören können, dass sie trotz der Dunkelheit die Spuren noch sehen konnte.

In ihrer Wohnung verließ sie jede Kraft. Völlig erschöpft fiel sie ins Bett. Albträume geisterten durch ihren Schlaf. Gesichter, die zu Fratzen wurden, Autos, die sie wütend angriffen, sprechende Bäume, die sie mit ihren Ästen festhielten und zwischen allem immer wieder Robert. Sie wollte auf ihn zu laufen, doch ein unüberwindlicher Graben tat sich auf, der mit jedem Schritt, den sie machte, noch tiefer und breiter wurde. Schweißgebadet wachte sie auf. Die erste Dämmerung zeigte sich am Horizont. Es hatte keinen Sinn, noch mal zu versuchen, weiter zu schlafen, obwohl Feiertag war. So ließ sie sich Badewasser in die Wanne laufen, goss einen großen Becher duftendes Schaumbad dazu und nahm ein ausgiebiges Bad. In der Zwischenzeit lief der Kaffee durch die Maschine und als sie im Bademantel mit der Kaffeetasse auf dem Sofa saß, kamen die Lebensgeister langsam zurück.

Es war gut, dass sie allein war, stellte Cosima fest. Reiner, ihr Mann, war mit dem LKW im Ausland unterwegs. Tim, ihr Ältester, hatte schon seine eigene Wohnung und Tom, der Kleine, war auf Klassenfahrt. Wenigstens musste sie so keinem was erklären.

Doch, erklären musste sie es, und sie wollte es auch. Doch es war so schwer, wo sie doch selbst nicht wusste, was geschehen war und schon gar nicht, wie es weiter gehen sollte. „Der Vati!" fiel ihr plötzlich wieder ein. Sie wollte doch zum Friedhof und mit dem Vati sprechen. Nun konnte sie gar nicht schnell genug in die Sachen kommen. Sie streifte Jeans, Pulli und eine warme Jacke über und sprang fast die Treppen hinunter und in das Auto. Heute fuhr sie ausgesprochen langsam, noch immer das Bild von gestern vor Augen, als plötzlich das andere Fahrzeug da war und sie es fast gerammt hätte.

Der Friedhof lag ruhig da. Es war ja noch früher Morgen und gerade bahnten sich die ersten Sonnenstrahlen einen Weg durch die Bäume. Cosima ließ sich auf einer Bank nieder. Sie hatte sie eben entdeckt und war sich sicher, dass da gestern noch keine war. Die Bank stand genau so, dass sie zu beiden Gräbern sehen konnte.

„Hallo, Mutti! Hallo, Vati!" begrüßte sie die Eltern, vorsichtig um sich blickend, ob sie jemand sehen und hören könnte. Nachher hielt man sie noch für geistig verwirrt. Sie wartete, ob aus den Bäumen eine Antwort kam, aber alles blieb stumm. So sprach sie weiter:

„Ich muss Euch was erzählen, was mir passiert ist. Ihr werdet mich verstehen, denn ich bin mir sicher, Ihr habt etwas Ähnliches einmal erlebt. Aber ich weiß auch, dass es bei Euch irgendwann zu Ende war, denn Ihr habt Euch nicht getrennt. Ich weiß, Ihr habt Euch geliebt bis zum Schluss. Und ich liebe Reiner auch immer noch. Ich möchte ihn auf keinen Fall verlieren.

Ach, weißt Du, Mutti", sprach sie nun ihre Mutter an, „bis zu Deinem Tod war die Welt noch in Ordnung. Doch kurz danach geriet alles aus den Fugen. Erst gab es keine Mauer an der Grenze mehr, dann gab es unsere vertrauten Sachen nicht mehr, und dann gab es unser ganzes Land nicht mehr. Damit fing ja alles an.

Und dann, nach Deinem Tod, Vati, war plötzlich alles noch anders. Und ich weiß auch nicht, wie es jetzt weiter gehen soll. Ich habe mir das nicht ausgesucht. Da ist nichts bewusst Geplantes gewesen, es ist einfach so passiert. Aber es war wunderschön! Und nun ist es vorbei, und ich weiß nicht weiter."

Cosima lehnte sich zurück und ließ den Blick in die Baumkronen gleiten, die schon langsam die Blätter verloren. Die Sonne drang durch die Zweige und plötzlich wurde ihr so angenehm warm. Sie schien weg zu schweben, trieb mit dem Wind über Felder und Wiesen, sah Häuser und Autos unter sich und fand sich wieder auf einer Treppe, der Treppe, die einmal vor fast 8 Jahren zu Roberts Büro geführt hatte.

2.

Abgeschirmt von allen Augen brennt ein Licht.

In tiefster Dunkelheit.

Jedoch kein Lächeln und kein Wort von Dir

Dringt je hinab zu mir.

Cosima Ratowsky blieb auf der obersten Treppenstufe stehen. Ihr Herz raste und wollte sich gar nicht beruhigen. Doch sie musste jetzt da rein gehen und ihrem zukünftigen Chef gegenübertreten. Schon seit einigen Monaten wusste sie, dass die wirtschaftlichen und gesellschaftlichen Veränderungen keinen Bogen um ihre kleine Stadt und um ihren Landwirtschaftsbetrieb machen würden. Bisher war noch fast alles in eingefahrenen Bahnen weiter gelaufen. Doch nun war er da, der Neue. Und der Ruf, der ihm vorauseilte, war Furcht erregend. Da gab es nun keine Beziehung mehr, wie zu den alten Kollegen, die sie fast väterlich behandelt hatten und nun gehen mussten. Vorruhestand war das Wort, das eigentlich nur schöner klang als Entlassung.

Seit sie wusste, dass Robert Weihtmann der neue Geschäftsführer werden würde, kamen jeden Tag neue Gerüchte an ihr Ohr, wie herzlos, wie brutal, wie unnahbar er sein sollte.

Und nun stand sie hier, auf der letzten Treppenstufe und versuchte, sich zu beruhigen. Allen Mut zusammen nehmend, machte sie die letzten beiden Schritte in Richtung der Bürotür und klopfte. Das „Herein!" klang freundlicher als erwartet und Cosima wagte es, die Klinke niederzudrücken.

„Guten Tag!" versuchte sie, die Stille zu durchbrechen.

„Guten Tag!" kam es zurück.

Erst jetzt registrierte Cosima den Mann, der von seinem Schreibtisch aufblickte.

„Was kann ich für Sie tun?" fragte er.

Cosima machte ein paar Schritte durch den Raum auf den Mann zu.

„Bitte entschuldigen Sie die Störung, ich bin Cosima Ratowsky und ich arbeite in der Lagerhalle."

„Ach, Sie sind Cosima Ratowsky." Ein leichtes Lächeln zeigte sich auf seinem Gesicht. „Herr Haan hat mir schon von Ihnen berichtet. Was führt Sie jetzt zu mir?"

Der Hauptgeschäftsführer und ihr bisheriger Chef hatten Robert Weihtmann also schon auf sie vorbereitet. Doch jetzt kam der Moment, vor dem sie sich noch mehr fürchtete. Sie musste ihm von dem Problem mit der einzigen, alten Telefonleitung berichten, die sie sich teilen mussten. Es wurde Zeit, dass sich daran etwas änderte. Doch solange die technischen Voraussetzungen nicht gegeben waren, mussten sie sich irgendwie arrangieren.

Cosima zitterte und stotterte so, dass es ein Wunder war, dass Robert Weihtmann überhaupt verstand, was sie wollte. Sie hatte sich instinktiv rückwärts bewegt, weil sie fürchtete, dass er sie rauswerfen würde und sie dachte sich, dass dann der Fluchtweg kürzer wäre.

„Nun beruhigen Sie sich erst mal!" Robert Weihtmann merkte, dass diese junge Frau ziemlich aufgeregt war. Es amüsierte ihn ein bisschen.

„Haben Sie in der Lagerhalle ein Büro?" fragte er.

Cosima schüttelte den Kopf. „Nein, nur einen kleinen Schaltraum, da steht das Faxgerät und da arbeite ich."

„Dann packen Sie das Faxgerät ein und was Sie sonst noch brauchen und kommen Sie zu mir in das Büro hier. Ich organisiere noch einen Schreibtisch, Platz ist ja genug. Und dann wäre doch auch das Problem mit der Telefonleitung geklärt."

Cosimas Herz schlug wie wild. Ablehnen konnte sie diesen Vorschlag sowieso nicht, bald würde er ganz offiziell der Chef sein. So nickte sie und versuchte, nicht in seine Augen zu sehen. Da war etwas, was sie mehr faszinierte, als ihr lieb war.

„Auf gute Zusammenarbeit!" Robert Weihtmann reichte ihr die Hand. Sekunden später stand sie wieder vor der Tür und hoffte, nicht ohnmächtig zu werden, während drinnen Robert überlegte, wo er dieses Gesicht mit den blauen Augen und den blonden Haaren schon mal gesehen hatte.

Ein paar Tage später war es so weit, Cosima zog mit Sack und Pack in Roberts Büro ein. Und langsam legte sich auch die Aufregung und ganz für sich stellte sie fest, dass an den Gerüchten doch nicht so viel dran sein konnte. Er war eigentlich ein ganz netter Mensch, fragte sie viel nach der Arbeit, nach der Organisation, nach den übrigen Kollegen, alles wollte er ganz genau wissen.

Sie hingegen wusste schon bald, dass er Kaffee mit Milch, ohne Zucker, trank, dass der Opel, der im Hof parkte, seiner war, dass er einen Sohn und eine Tochter hatte und dass er drei Orte weiter wohnte.

Sie erzählte ihm von Reiner, von Tim und Tom, und von ihrer bisherigen Arbeit und eines Tages stellten sie fest, dass sie in der gleichen Stadt geboren worden und sogar in dieselbe Schule gegangen waren, nur nicht zur selben Zeit. Und als Cosima vom Unfall ihrer Mutter erzählte, wusste Robert Weihtmann plötzlich, wer sie war. Vor Jahren hatte es für ziemliche Aufregung in der Stadt gesorgt, als Cosimas Mutter von einem LKW überrollt worden war.

„Ralf Weinperger ist ihr Vater?" Es war mehr eine Feststellung als eine Frage. „Das war schon schlimm damals mit dem Unfall", bekannte er ungewohnt mitfühlend.

„Hat Ralf Ihnen diesen ungewöhnlichen Namen verpasst?" wollte er nun wissen.

Cosima lachte. Sie wurde ab und zu darauf angesprochen.

„Ja, mein Vater liebt die Musik von Richard Wagner und hat mich deshalb so genannt wie Wagners Frau."

Robert grinste: „Der alte Ralf!"

Cosimas Vater war bekannt wie der sprichwörtliche bunte Hund.

Und es freute sie, dass ihr neuer Chef auch ihren Vati kannte. Irgendwie hoffte sie, damit einen besseren Stand bei ihm zu haben.

Robert ließ Cosima erst einmal weiter ihre gewohnte Arbeit machen, sah aber immer öfter nach dem Rechten, registrierte, welche Veränderungen notwendig sein würden, um am freien Markt bestehen zu können. So vergingen die letzten Wochen im alten Jahr.

Dann war es offiziell, Robert Weihtmann war der neue Geschäftsführer. Gleich in der ersten Woche hieß es wieder Sachen packen. Gemeinsam bezogen sie ein anderes, kleineres Büro im hinteren Trakt einer der Lagerhallen. Hatte sie vorher gut den Hof einsehen und beobachten können, wann ihre Kollegen mit den LKWs eintrafen, so fühlte sie sich nun von der Außenwelt wie abgeschnitten. Statt zum Kaffeeautomaten zu gehen, kochte sie nun für sich und den Chef selbst den Kaffee. Statt, dass eine Putzfrau kam, putzte sie das Büro selber. Und ohne

Erlaubnis wagte sie es schon bald nicht mehr zu verlassen. Selbst die Kontakte zu ihren oft langjährigen Kollegen beschränkte er auf das Nötigste.

Sie kämpfte mit den Tränen, wenn er sie anfuhr: „Wir brauchen hier kein Kaffeekränzchen, spuren müssen die, sonst nichts! Und wenn das nur geht, wenn ich in deren Augen ein Arschloch bin, dann müssen Sie das auch sein!"

In Cosimas Herzen kämpfte die Freundschaft mit ihren Kollegen gegen die Loyalität zu ihrem Chef, von dem sie sich insgeheim seine Anerkennung wünschte.

Sie hatte schon mehr als einen Chef in ihrem Berufsleben gehabt und sie war mit allen gut ausgekommen. Mit den meisten war sie nach kurzem zum vertrauten „Du" übergegangen und mit einigen verband sie noch immer ein kameradschaftliches Verhältnis. Nur dieser Robert Weihtmann wahrte eine ungewohnte Distanz.

Aber Robert konnte auch charmant sein. Anfang März war wie jedes Jahr der internationale

Frauentag. In den letzten beiden Jahren hatte kaum jemand daran gedacht. Doch an dem Tag kam er mit einem riesigen Tortenpaket ins Büro und servierte ihr die Torte auch noch persönlich. Danach schickte er Cosima in die umliegenden Firmen, um auch diesen Frauen ein Stück Kuchen zu bringen. Voller Stolz übernahm sie diese Aufgabe. Ihr Chef hatte an diesen Tag gedacht! Er hatte eben auch noch gute Seiten, nur leider viel zu selten.

Manchmal sprach sie zu Hause mit ihrem Mann darüber. Reiner arbeitete in der Nachbarfirma, die den gleichen Firmenhof nutzte und bekam so einiges mit, was sich tat. Bei ihm hatte es auch drastische Veränderungen gegeben. War es noch vor ein paar Monaten eine große Firma mit hunderten Arbeitern gewesen, so war Reiner nun noch einer von fünf, die übrig waren. Das Ende schien schon vorgezeichnet. Manchmal überlegte Cosima, ob er dann zu ihr in die Firma kommen könnte, doch dann dachte sie daran, wie der Chef mit den Fahrern umsprang und wollte das ihrem Mann nicht zumuten. Es reichte, wenn sie sich die Nerven aufrieb.

Reiner merkte, wie sehr sich Cosima quälte, als im Frühjahr ihre Pollenallergie einsetzte. Doch weil sie alle Symptome der Allergie zuordnete, merkte sie nicht einmal, dass sich eine böse Erkältung anbahnte, bis sie eines Morgens mit Fieber aufwachte. Trotzdem ging sie zur Arbeit, auf ein wenig Verständnis hoffend. Doch ihr Chef schien nicht zu bemerken, dass sie am Ende ihrer Kräfte war, als sie nach Hause ging.

„Jetzt reicht es!" Reiner war ungehalten, als er später seine Frau so sah. „Zieh Dich an, wir fahren zur Ärztin!"

Eine Stunde später war sie für die nächsten Tage erst mal aus dem Verkehr gezogen.

Sie erholte sich nur langsam. Erst zwei Wochen später konnte sie wieder zur Arbeit gehen.

Cosima ahnte, dass es kein gutes Wiedersehen werden würde. Auf ihr vorsichtiges „Guten

Morgen!" kam keine Antwort. Statt dessen knallte ihr Robert Weihtmann einen Stapel Akten auf den Schreibtisch.

„Wenn Sie gesagt hätten, dass es so lange dauert, hätte ich eine Vertretung aus der Verwaltung geholt!"

Ihre Erwiderung „... ich wusste doch auch nicht ..." hörte er schon nicht mehr, er hatte das Büro bereits verlassen.

Schweigend machte sie sich daran, die liegen gebliebene Arbeit zu erledigen. Und ein großer Druck lag auf ihr.

Am nächsten Morgen kam sie früher und wischte das seit zwei Wochen nicht mehr gesäuberte Büro. Zwischen ihr und dem Chef fielen nur die nötigsten Worte und Cosima wurde fast schon wieder krank, vor seelischer Qual. Sie wollte mit ihm zusammen arbeiten und das möglichst gut. Er musste sie ja nicht mögen, aber wenigstens respektieren.

Noch ein Tag verging schweigend, dann kam er ins Büro:

„Gibt es hier noch mal Kaffee oder muss ich in die Kneipe gehen?"

Cosima flog fast zum Wasserhahn. Sie hätte tanzen können vor Freude, er sprach wieder mit ihr! Als der Kaffee durch die Maschine lief, ging sie zur Toilette. Sie musste nicht, nein, sie setzte sich auf den Toilettendeckel und ließ ihren Tränen freien Lauf. Sie war so erleichtert. Irgendwie hatte sie sich schuldig gefühlt. Nun war wieder alles gut.

Sie wünschte sich so sehr sein Vertrauen. Und manchmal schenkte er es ihr auf seine ganz eigenwillige Weise. An einem Tag wollte er zu einem Geschäftspartner in die Kreisstadt fahren.

„Nehmen Sie Ihre Sachen und kommen Sie mit!" forderte er Cosima auf. Sie saß neben ihm im Auto und konnte sich nicht vorstellen, wofür er sie brauchte.

In der Kreisstadt traf er den Geschäftsfreund und ging zu dessen Auto.

Zu Cosima gewandt sagte er: „So, ich begleite den Herrn und Sie fahren jetzt mit meinem Wagen zurück in die Firma."

In diesem Moment brach ihr der kalte Schweiß aus. Sie fuhr schon gerne Auto, war aber noch nicht so wirklich sicher mit den neuen Fahrzeugen. Im letzten Augenblick fiel ihr noch ein, zu fragen, wo denn der Rückwärtsgang wäre, dann war sie mit dem neuen Auto vom Chef und ihrer Angst alleine. Sie fuhr übervorsichtig, bremste trotzdem viel zu stark und erschrak heftig, als das ABS einsetzte. So lang war ihr diese Strecke noch nie vorgekommen. Endlich erreichte sie den Firmenhof und stellte das Auto wohlbehalten ab. Sie wagte nicht, daran zu denken, was gewesen wäre, wenn sie es nicht geschafft hätte.

Weil es in ihrer Firma auch einen kleinen Landhandel gab, musste Cosima an manchen Tagen sehr zeitig morgens zum Großmarkt fahren. Das bedeutete für ihre beiden Söhne, dass sie dann alleine aufstehen mussten. Tim und Tom waren inzwischen knapp 12 und 9 Jahre und eigentlich sehr selbständig. Eines Tages, als Cosima von einer solchen Fahrt zurück kam, traf sie fast der Schlag, was der Chef ihr berichtete.

Die beiden hatten verschlafen. Das bedeutete für Tim, dass der Schulbus zum Gymnasium weg war. Er hoffte, in der Firma Mutti oder Vati doch anzutreffen, damit ihn einer in die Schule bringen konnte. Tom hätte zwar gut zu Fuß in die Grundschule gehen können, wie jeden Tag, doch er tat im Zweifel immer das, was sein großer Bruder auch tat und trottete hinterher. Dort las sie Robert Weihtmann auf.

„Das waren vielleicht zwei Häufchen Unglück!" grinste er Cosima an. Fassungslos hörte sie weiter zu.

Jedenfalls packte Robert die beiden Jungs ins Auto und fuhr erst den Kleinen in die Grundschule und dann den Großen zum Gymnasium. Da kamen sie nun zwar eine Stunde zu spät, aber wohlbehalten an.

Cosima war sprachlos. „Vielen Dank!" brachte sie mit einem Kloß im Hals heraus. Und ihr Herz tat einen kleinen Sprung.

Zu Hause fand sie am Nachmittag zwei schuldbewusste Jungs vor.

„Na sagt mal, was war das denn heute früh?" nahm sie sich die beiden vor. Sie lächelte, denn böse konnte sie ihnen doch nicht sein.

Und da platzte der Kleine raus: „Na toll war das! Dein Chef ist aber nett! Der hat uns mit dem Jeep in die Schule gefahren!" Dass der „Jeep" ein betagter Lada-Niva war, interessierte nicht, die Jungs waren begeistert.

Und Cosima dachte: Ja, er kann schon manchmal sehr nett sein, manchmal ...

Doch viel zu oft war der Arbeitshimmel getrübt. Robert konnte wegen Kleinigkeiten an die Decke gehen und schrie sie dann an, dass sie oft genug danach heulend in einer Ecke saß und sich fragte, bin ich jetzt eigentlich Weibchen oder Männchen? Und noch schlimmer erging es ihren Kollegen.

Wenn da etwas schief ging, musste sie das Büro verlassen, wenn der betreffende Fahrer rein kam. Doch die Lautstärke wurde nur unwesentlich durch die Tür gedämpft und Cosima verkroch sich dann am liebsten ganz weit weg.

"Sind doch alles Dilettanten!" tobte er danach noch rum und Cosima fühlte sich von diesen Worten fast persönlich getroffen.

Die Angst vor ihrem Chef war allgegenwärtig. Nachts wachte sie aus Albträumen auf, die auch nach dem Erwachen noch völlig realistisch waren. Sie lief weg. Sie lief und lief und lief, sie wollte weg. Doch ihr Verfolger kam immer näher. Sie schrie vor Angst und erwachte mit klopfendem Herzen. Und immer war der Verfolger ihr Chef.

So gut auch die Zusammenarbeit meistens mit ihm war, so groß war doch der Druck, unter dem sich Cosima befand. Der Wunsch, ihm alles recht zu machen, lag wie ein schweres Gewicht auf ihr.

Mit der Getreideernte kam neue Arbeit auf Cosima zu. In den Lagerhallen, in denen bis vor kurzem noch Kartoffeln gelagert wurden, die hunderte Frauen sortierten und schälten, wurde nun Getreide angenommen, zwischenzeitlich gelagert und wieder verladen. Geschäftsfreunde von Robert Weihtmann hatten zwei neue große 40-Tonnen-Kipper angeschafft, die nun regelmäßig in der Firma Getreide abholten. Cosima war schon immer ein LKW-Fan gewesen. Dadurch hatte sie sogar ihren Mann kennen gelernt. Und deshalb war sie auch so gerne mit ihren Kollegen zusammen. Und nun gab es nicht Besseres, als mit den fremden Fahrern zu sprechen und die großen Sattelzüge zu bewundern. Sie mochte die LKW-Fahrer und war sehr rasch wieder beim kameradschaftlichen „Du" angekommen. Doch sie merkte schnell, dass das ihrem Chef ein Dorn im Auge war. Wenn er sie bei vertrauten Gesprächen erwischte, folgte die Strafe auf dem Fuß. Entweder verbot er ihr, das Büro zu verlassen oder er redete kaum noch mit ihr. Beides traf sie hart und er wusste es nur zu genau.

Wenn aber gute Stimmung war, dann bezog er sie in seine Gedanken und Entscheidungen ein. So wusste sie bald, dass es auch in ihrer Firma demnächst einen neuen Sattelzug geben würde. Die alten 10-Tonnen-LKW aus DDR-Beständen wollte er nach und nach aus dem Verkehr ziehen. Und noch etwas wusste sie bald, dass er ihren Mann Reiner als einen Fahrer für den Sattelzug vorgesehen hatte. Da in absehbarer Zeit die beiden Firmen fusionieren würden, war das möglich geworden, ohne dass Reiner vorher die Firma wechselte. Reiner verstand sich eigentlich recht gut mit Robert Weihtmann und Cosima versuchte, ihn nicht zu beeinflussen, indem sie ihre Probleme für sich behielt. Nur, immer gelang das nicht.

An dem Tag, als der neue LKW geliefert wurde, fand sich alles was Beine hat, auf dem Hof ein. Zu gerne wäre auch Cosima dabei gewesen. Sie wusste nicht, was sie falsch gemacht hatte. Sie fragte sich, wofür er sie bestrafte. Sie hoffte, er würde sie noch raus gehen lassen. Doch sie musste im Büro bleiben, dort, wo es keinen Blick zum Hof gab. Natürlich bemerkte Reiner das und fragte sie am Abend zu Hause. Doch statt sich ihren Ärger von der Seele zu reden, suchte sie nach einer Entschuldigung für Roberts Verhalten. „Es musste doch jemand am Telefon sein", sagte sie und wusste ganz genau, dass es eine dumme Ausrede war, schließlich gab es einen Anrufbeantworter, den sie jedes mal anschaltete, wenn sie das Büro verließ. Reiner schüttelte den Kopf. Ihm war das zu blöd, doch seine Frau musste wissen, was sie tat.

Längst war Reiner aufgefallen, dass Cosima Kaugummi kaufte, obwohl sie doch gar keinen Kaugummi mochte, Robert Weihtmann aber schon. „Musst Du Deinen Chef gnädig stimmen?" fragte er dann seine Frau. Ja, genau so ist es, dachte Cosima, wenn sie penibel darauf achtete, dass immer eine Packung Kaugummi in seinem Schreibtisch lag. Sie wollte ihrem Chef etwas Gutes tun, ihm zeigen, dass sie an einem guten Verhältnis interessiert war.

Während Cosima über den Abrechnungen der Rübenernte saß und kaum noch aus ihrem Büro heraus kam, wurde nur 10 Meter weiter ein neues Büro ausgebaut und sie bekam kaum etwas davon mit. Sie wusste nicht, dass das Jahr ihrer „Einzelhaft" bald vorüber sein würde.

3.

Verdammt, siehst Du denn nicht
Daß hier drinnen jemand lebt;
Eine Kreatur, die atmet
Und sich nach Liebe sehnt?

Am Nikolaustag sagte Robert Weihtmann zu
ihr: „Packen Sie Ihre Sachen zusammen, heute
wird umgeräumt." Von diesem Tage an war sie
nicht mehr allein mit ihm, denn die verbliebenen
Kolleginnen aus Reiners Firma, die noch einen
Rest des Kartoffelhandels betrieben, zogen mit
Cosima gemeinsam in die neuen Büroräume. Die
waren schön und praktisch gestaltet, mit viel
Glas und mit freiem Blick zum Hof.

Trotz der neuen Räume änderte sich nichts an
Roberts Verhalten, Cosima gegenüber. Nur war
das bisher im Verborgenen abgelaufen, so wurden die anderen Kolleginnen immer öfter Zeugen
seiner Ausbrüche und Cosimas Tränen. Cosima
schämte sich dafür, was er mit ihr tat, doch
immer, wenn sie jemand darauf ansprach, fand

sie eine Entschuldigung für sein Verhalten. Sie war wie ein Kind, das geschlagen wird und meint, es hätte es verdient, weil es die Eltern trotz allem liebt.

Selbst dachte sie an Liebe jedoch nicht. Der erste, der das Wort in dem Zusammenhang aussprach, war ihr Mann Reiner. Nachdem sie wieder einmal ihre Stimmung auch zu Hause nicht verbergen konnte, sagte er es ihr auf den Kopf zu: „Merkst Du denn nicht, dass Du ihn liebst?"

„Nein!" Sie wies es weit von sich, laut und deutlich und auch innerlich. So einen unmöglichen Typen konnte sie doch nicht lieben!

Doch von diesem Tag an lauschte sie immer öfter tief in sich hinein, wenn ein Streit zwischen ihr und Robert Weihtmann in der Luft lag. Und als ihre Kollegin sie fragte, warum sie sich das alles gefallen lasse, da überlegte sie doch: „Liebe ich ihn?" Niemals hätte sie das offen ausgesprochen, doch der Gedanke war da und hatte sich festgesetzt. Plötzlich fiel es ihr viel leichter, seine

Bosheiten hin zu nehmen, für andere der Prügel-
knabe zu sein, als Prellbock zu fungieren.

An einem Nachmittag saßen beide noch im Büro
und waren über ihre Arbeiten vertieft, als Cosima
aufblickte. Ihr gegenüber, nur durch eine Glas-
scheibe getrennt, saß Robert. Und in genau
diesem Moment blickte auch er auf. Sie lächelte.
Er lächelte zurück, wie er sie noch nie angelächelt
hatte. Und Cosima durchfuhr es wie ein Blitz. Ihr
Herz machte Purzelbäume und da war er wieder,
der Gedanke und etwas in ihr schrie: „Ja verdammt, es ist so, ich habe mich in ihn verliebt!"
Von da an lebte Cosima mit einer permanente
Sehnsucht nach Robert, der sie sich nicht mehr
entziehen konnte. Sie war froh, dass ihre beiden
Jungs schon so selbständig waren und machte oft
Überstunden. Und sie beneidete jeden, der noch
länger als sie in der Firma sein konnte. Noch
immer zitterte sie oft aus Angst vor ihm, doch
jedes nette Wort, jede noch so kleine freundliche
Geste, jedes Lächeln erfüllte sie mit ungekannter

Seligkeit. Und wieder geisterte er durch ihre Träume. Doch war sie noch im vorigen Jahr darin schreiend weg gelaufen, so erträumte sie sich nun seine Nähe. Denn nun fing er sie ein und hielt sie fest im Arm. Auch diese Träume waren realistisch genug, um ihr Herz noch beim aufwachen schneller schlagen zu lassen und ein Kribbeln im Magen machte sich breit. Völlig berauscht von diesen Träumen wollte Cosima nur noch eins, ihm auch in der Wirklichkeit so nahe wie möglich sein.

Eine engere Beziehung jedoch schloss sie mit aller Entschiedenheit aus. Es schien ihr auch gar nicht so wichtig, wenn sie nur gut miteinander arbeiten konnten und sie ihm nützlich sein durfte.

Diese Nützlichkeit nahm zuweilen seltsame Formen an. Eines Tages drückte Robert ihr einige Hundert Mark in die Hand und beauftragte sie, davon Blumen und ein Geschenk für seine Frau zum Geburtstag zu kaufen. Da stand sie nun beim Juwelier und suchte die Kette aus, welche die Frau tragen würde, die sie um so viel mehr als diese Kette beneidete.

Das Jahr ging dem Ende zu, wieder war Rüben-ernte. Reiner war auch wieder sehr eingespannt, da war kein Unterschied zwischen Wochentag und Wochenende.

An so einem Samstag fand sich auch Cosima im Büro ein. Sie wollte mit Robert frühstücken, ehe sie später zu einer Mitarbeiterschulung in die Zentrale Verwaltung gehen musste. Eigentlich hätte auch Robert daran teilnehmen müssen. Doch die Technik streikte und er wurde dringend auf dem Feld gebraucht. So vertraten Cosima und ihre Kollegin Marie die Firma allein. Herr Haan tat, was viele in solchen Situationen tun, wer nicht da ist, wird kritisiert. So erging es Robert Weihtmann. Cosima spürte fast körperliche Schmerzen, als ihr das bewusst wurde und fühlte sich mit angegriffen.

Sie konnte danach einfach nicht nach Hause gehen, sondern setzte sich heulend vor Wut an den Computer. Nun war es Robert, der sie beruhigte, als er ins Büro kam. Sie redeten schon bald sprichwörtlich über Gott und die Welt und irgendwann brachte er Cosima sogar zum lachen. Und dann machte er ihr ein ganz besonderes Geschenk.

„Sie sollten wissen, dass Sie mir sehr viel wert sind, als Mensch und als Mitarbeiterin!" Mit diesen Worten drückte er Cosima einen Schlüssel in die Hand, es war ihr erster eigener Büroschlüssel, mit dem sie, ohne zum Pförtner zu müssen, jederzeit ins Büro gehen konnte. Cosima schwor sich, sein Vertrauen nie zu enttäuschen, das er ihr gerade geschenkt hatte. Und ein diffuses Gefühl kam in ihr auf, dass er sie auch irgendwie gern haben musste.

Doch damit waren die Probleme nicht aus der Welt. Mehr und mehr gab es Differenzen zwischen Reiner und Robert. Cosima merkte, wie ähnlich sich die beiden oft waren. Doch das wollten beide auf keinen Fall wahrhaben.

Bei ihren Vermittlungsversuchen geriet Cosima immer öfter zwischen die Fronten. Nahm sie für Reiner Partei, so reagierte Robert wütend: „Sie wissen, dass ich diese Sippenwirtschaft nicht mag!" Setzte sie sich für Robert ein, so war Reiner sauer: „Du musst ja wissen, wen Du mehr liebst!" Sie fühlte sich wie ein Kind zwischen seinen zerstrittenen Eltern. Sie liebte sie einfach beide und hoffte jeden Tag aufs Neue, sie würden miteinander klar kommen.

Zwar war die Stimmung im allgemeinen besser geworden in der letzten Zeit, doch noch immer war Robert oft so unberechenbar und impulsiv, dass Cosima nach seinen verbalen Attacken nur die Flucht aufs Klo blieb, um sich auszuheulen und wieder zu beruhigen. Dann wieder lag morgens ein Kasten Pralinen in ihrem Schreibtisch. Er regierte mit Zuckerbrot und Peitsche. Sie genoss jede Art von Zuwendung, egal ob gut oder böse. Plötzlich konnte sie sich vorstellen, sich klaglos von ihm verprügeln zu lassen. Da war ihr klar, wie sehr sie ihn längst liebte. Und doch wusste sie auch, dass das niemals jemand erfahren durfte. Sie war allein mit ihren zwiespältigen Gefühlen.

4.

Verdammt siehst Du denn nicht
Dass tief drinnen etwas existiert;
Ein Mensch, der leise leidet
Ein geheimes Leben führt?

Die folgende Zeit war für Cosima ein ständiges auf und ab der Gefühle. Manchmal ging es ein paar Wochen gut zwischen ihr und Robert und sie glaubte, ihm alles Recht machen zu können. Doch dann waren die guten Zeiten wieder unterbrochen von Angst und Tränen.

Sie entwickelten langsam eine Art Hassliebe, durch die sie sich beide instinktiv schützten. Immer, wenn sie sich zu gut verstanden, kam garantiert eine Phase, in der sie sich regelrecht angifteten und damit für eine Zeit lang jede Annäherung unterbanden.

Robert wusste nur zu gut, dass er sie mit bösen Worten über die Kraftfahrer treffen konnte und tat das auch immer wieder mit Vorliebe. Damit übertrug sich aber auch die Spannung auf das

Verhältnis zwischen Cosima und Reiner, denn Cosima wollte ihrem Mann nicht weh tun und Reiner wollte seine Frau verteidigen. All das zermürbte Cosima sehr.

Dazu kamen zunehmende Sorgen, die sie sich um ihren ältesten Sohn machte. Tims Leistungen in der Schule wurden immer schlechter. Im Gespräch mit seinem Lehrer kam heraus, dass er das Gymnasium wieder verlassen wollte, trotz seiner hohen Intelligenz. Er schwänzte die Schule und begann, sich die Zeit mit Ladendiebstählen zu vertreiben. Noch endeten diese Dinge glimpflich mit Ermahnungen und Strafe zahlen, doch es war nicht zu verbergen, dass sich der Junge immer mehr verschloss und ihnen entglitt. So stimmten sie schweren Herzens dem Schulwechsel zu. Sie hofften, damit das Richtige zu tun, in Tims Sinn zu handeln und dass sich damit seine Probleme lösen würden.

Doch es war längst nicht so einfach. Zwar kam Tim mit seinen alten Klassenkameraden in der

Sekundarschule gut zurecht und seine Schulnoten wurden besser, doch glücklich schien er nicht zu sein. Das wurde Cosima und Reiner schlagartig bewusst, als Tim eines Tages nicht zum Abendbrot erschien. Ein Blick in die Schränke bestätigte einen schlimmen Verdacht. Das Wirtschaftsgeld war weg und das Brot und ein großes Messer, außerdem ein paar Sachen und sein Rucksack. Tim war weg. Nachdem die Eltern Tom ins Gebet genommen hatten, war klar, dass Tim mit einem Nachbarsjungen unterwegs war. Es half nichts, die Polizei musste eingeschaltet werden. Es war eine schlaflose Nacht und am nächsten Tag suchten sämtliche über Funk verständigte Fahrer mit nach den Jungen. Doch die waren schon viel weiter weg als gedacht. Nach einem weiteren Tag voller Angst kam der erlösende Anruf. Die beiden saßen ohne Geld und frierend auf einem Bahnhof in Thüringen, später dann in der Polizeiwache. Noch in der selben Nacht fuhr Reiner los, um die Jungen heim zu holen.

Tim war zwar schon 14 Jahre, aber noch sehr kindlich in seinem Aussehen und Cosima hatte große Angst gehabt, dass ihm ein pervers veranlagter Mann etwas Böses tun könnte. Das blieb Tim zum Glück erspart, doch über die Erlebnisse in diesen beiden Tagen sprach er so gut wie gar nicht.

Die Sorgen um Tim ließen ihre Probleme mit Robert Weihtmann in den Hintergrund treten. Er hatte sehr anständig reagiert in diesen Tagen, als die Familie um ihren Sohn bangte, aber nicht einmal das konnte Cosima so richtig registrieren.

Langsam beruhigte sich die Lage wieder und als sie eine Weile später Tim den ersehnten Computer kauften, da hatte er seine Welt gefunden.

Besonders stolz war Cosima immer, wenn sie merkte, dass Robert sie als gute Kraftfahrerin einschätzte. Etwa einmal in jedem Jahr durfte sie eine Fernfahrt machen. Aber auch, wenn Ersatzteile in der Nähe zu beschaffen waren, durfte sie zeigen, dass sie schnell und sicher fahren konnte.

Cosima liebte es, zu fahren. Dann ließ sie ihren Gedanken freien Lauf. Seit einiger Zeit war ihr bewusst, dass sie doch ganz gut fahren konnte. Da konnte sie niemand mehr unter Druck setzen und es tat ihr gut, sich bestätigt zu wissen. Und sie war glücklich, wenn Robert mit ihr zufrieden war.

Aber es war nicht bei allen Dingen so leicht, ihn zufrieden zu stellen. Immer noch konnte er regelrecht explodieren, wenn etwas nicht klappte, wie es sollte. Als der neue Computer an das Modem angeschlossen werden sollte, um e-Mails aus der Zuckerfabrik zu empfangen, klappte das erst beim wiederholten Versuch. Und dann wollte Robert einfach nicht verstehen, dass zum Bearbeiten noch ein Programm nötig war. In dieser Situation war Tim der Retter in der Not. Er installierte die fehlende Tabellenkalkulation, konnte seiner Mutter alles erklären und Cosima konnte vor Robert glänzen. Ihre Welt war wieder in Ordnung.

Kurz zuvor hatte sich Reiner nach langen zermürbenden Kämpfen und Diskussionen eine andere Arbeit gesucht. Es war einfach nicht mehr gut gegangen. Robert ahnte, warum Reiner gegangen war und er legte ihm keine Steine in den Weg. So erhielten sie sich ihr kollegiales Verhältnis.

In der folgenden Zeit fühlte sich Cosima oft regelrecht überwacht. Besonders, wenn sie mit anderen LKW-Fahrern freundlich umging, sah Robert rot.

„Sie müssen Sich nicht ständig mit den Fahrern der ganzen Welt verbrüdern!" warf er ihr vor.

Manchmal machte er sie für Dinge verantwortlich, auf die sie nur begrenzten Einfluss hatte. Wenn er sie dann mal wieder anschrie und sie hinter ihrem Schreibtisch immer kleiner wurde, machte sie doch kaum einen Versuch, sich zu rechtfertigen. Und das fiel auf.

„Warum lässt Du Dir das gefallen? Warum wehrst Du Dich nicht?" fragte ihre Kollegin Marie mehr als nur einmal.

Cosima gab ihr keine Antwort. Trotzig dachte sie nur: „Soll er mich doch bestrafen, egal, ich liebe ihn!" Wie ein geprügelter Hund, der dennoch seinem Herrn treu ist, wartete sie geduldig auf eine neue gute Phase.

Und von diesen guten Phasen musste sie lange zehren. An seinen kleinen Streicheleinheiten hielt sie sich fest. Das musste sie auch, um die kalten und dunklen Zeiten durchzustehen.

Robert konnte so schwer verzeihen. Lange hielt er Cosima vor, dass sie ihn einmal in Stich gelassen hatte. So sah er das jedenfalls. Es war Reiners erster Urlaub in der neuen Firma gewesen und ausgerechnet da wurde Cosimas Kollegin krank. Reiner war in dieser Zeit, da er seine Frau viel weniger sah als vorher, recht eifersüchtig. Cosima fürchtete den Streit mit ihrem Mann genauso wie den Ärger mit Robert. Trotzdem, sie wäre geblieben, hätte Robert sie darum gebeten. Mit

Tränen der Hilflosigkeit und Zerrissenheit in den Augen stand sie vor ihm, und er reagierte mit Kälte und Wut.

„Fahren Sie, ich helfe mir selbst!" knallte er ihr an den Kopf und Cosima tat es. Sie fuhr mit Reiner nach Bayern. Es war nicht eben der schönste Urlaub, weil sie ständig an Robert und die Firma denken musste. Und sie hatte Angst vor dem wieder kommen. Sie wusste genau, dass es Wochen dauern würde, ehe sich die Wogen wieder glätteten. Und Cosima litt.

Sie wusste längst, dass sie Robert eine nützliche Kollegin war. Das Beherrschen des Computers brachte ihr Anerkennung ein und dankbar nahm sie zu Hause jede Übungsstunde mit Tim an, die sich ihr bot. Dann hörte sie oft seine Musik mit, Musik, die sich so anders anhörte als der übliche Pop. Manche Stücke klangen düster, manche rhythmisch, andere nur sehr nachdenklich. Tims Kleiderordnung hatte sich seit einiger Zeit immer mehr verändert. Meistens trug er schwarze

Sachen. Auch die Freunde, die ihn besuchten, waren meistens schwarz gekleidet. Doch es schien Cosima nicht so, als ob die jungen Leute traurig wären. Oft drang frohes Lachen aus den Jugendzimmer, trotz der melancholischen Klänge.

Tim war inzwischen 16 und jeden Freitag zog er mit Freunden oder seiner Freundin Jule, die er seit einiger Zeit kannte, los in eine Diskothek, wo seine Lieblingsmusik gespielt wurde. Meistens war der Transport dort hin geklärt, doch eines Abends stand er vor ihr und bat: „Könntest Du uns fahren?" Für Cosima war das kein Problem und eine Stunde später setzte sie die schwarzen Gestalten vor der Disco ab. Bevor Tim die Tür schloss, beugte er sich noch einmal zu ihr herein. Cosima wusste gar nicht, wie ihr geschah, als dieser große Junge ihr einen Kuss auf den Mund drückte!

„Danke, Mama! Und fahr vorsichtig!" Tränen der Rührung stiegen in ihr hoch. Das war wieder ihr liebevoller Junge, er hatte sich wieder gefunden. Auch wenn er nun schwarze Sachen trug, sie spürte, es ging ihm gut.

Von nun an fuhr Cosima ihren Sohn öfter zur Disco, zurück nahmen sie meistens den ersten Zug am Morgen.

Dann kam Tims 17. Geburtstag. „Wir feiern in der Disco", hatte Tim verkündet und Cosima sagte den Fahrdienst zu.

„Weißt Du was, Mama, willst Du nicht mal mit rein kommen?" hatte Tim die Idee.

Cosima war begeistert. Sie war seit einiger Zeit fasziniert von den dunklen Klängen der Musik, den schwarzen Gestalten, die doch so friedlich waren. Pfingsten hatten Reiner und Cosima zum ersten mal einen Blick auf das Wave Gotik Treffen in Leipzig geworfen, als sie ihren Sohn mit Sack und Pack dort ablieferten. Also, warum nicht mit in die Disco?! Sie tanzte, bis ihr die Puste ausging, lobte die leckeren Sandwich und nippte an einer Cola mit Rum, und fühlte sich pudelwohl. Und Tims Freunde nahmen sie herzlich auf in ihre Mitte, Mutter hin oder her.

„Ich bin so stolz auf Dich!" war das schönste Kompliment, was sie von ihrem Sohn bekommen konnte. Und in Gedanken gab sie es zurück.

5.

Auf Morpheus Armen trag´ ich Dich
Im Karussell um Deine Seele
Zwei Adlerschwingen breiten sich
Um Dein Herz und schützen es

„Ich müsste mal dringend einen Tag Urlaub nehmen." Cosima bat nicht gerne um Urlaub, schon gar nicht außer der Reihe, doch es musste sein.

„Na klar, das kriegen wir schon hin!" Robert Weihtmann merkte es Cosima an, dass sie ein Problem hatte.

Obwohl er sie nicht danach fragte, begann Cosima zu erzählen: „Mein Vati muss ins Klinikum, ich möchte ihn gerne hin fahren. Ich glaube, es ist etwas Ernstes."

„Ach, was hat denn der alte Ralf?" fragte Robert mitfühlend.

Cosima sah ihn an. „Er sagt, er muss nur zu einer Routineuntersuchung, aber ich glaube es ihm nicht, und meine Stiefmutter auch nicht."

Cosimas Vater war jetzt 9 Jahre mit seiner ehemaligen Jugendfreundin verheiratet, die ebenfalls verwitwet war und er schien immer sehr glücklich zu sein. Sie wünschte den beiden noch viele schöne gemeinsame Jahre, doch jetzt hatte sie Angst, dass etwas dazwischen kommen könnte. Es war nur ein unbestimmtes Gefühl, doch sie konnte es nicht abschütteln.

So holte sie am übernächsten Tag, einem schönen Junimorgen, ihren Vater und seine Frau von daheim ab und fuhr mit ihnen zur Uni-Klinik. Das ungute Gefühl wollte einfach nicht vergehen. Ralf Weinperger versuchte locker Konversation zu machen, doch die beiden Frauen waren jede in ihren Gedanken versunken.

Nach einiger Wartezeit wurde dem Neuankömmling der Weg zur Station erklärt, wo er sich zu melden hatte. Eine Baustelle machte den normalen Zugang unmöglich und so mussten sie durch ein Labyrinth von Gängen im Keller laufen, vorbei an einer Unzahl von Türen.

Und plötzlich schien Cosima das Herz still zu stehen. Sie liefen direkt auf eine Tür zu, an der stand „Chemotherapie". Zwar bog der Gang im letzten Moment ab, doch es schien ihr wie ein schicksalhaftes Gleichnis zu sein. Auch Ralfs Frau fiel die Tür auf, nur er selber wollte nichts davon wissen. Für ihn war hier alles nur Routine.

Auf der Station angekommen, verabschiedete sich Cosima von ihrem Vater. Sein Optimismus schien ihr wie aufgesetzt und sie hatte Angst vor dem, was kommen würde.

Auf der Heimfahrt im Auto sagte ihre Stiefmutter zu Cosima: „Ich glaube, er hat Krebs." Da war es, was sie bisher nicht auszusprechen wagte.

„Dein Opa ist auch an Leberkrebs gestorben."

Cosima blickte ungläubig. „Was? Mein Opa ist doch an einer alten Kriegsverletzung gestorben."

Der Großvater war gestorben, noch bevor Cosima zur Welt kam. Was sie wusste, das wusste sie nur aus den Erzählungen von Vater und Oma.

„Nein Cosima, Dein Opa war nie im Krieg."

„Aber dann habe ich ja gelogen!" Cosima war fassungslos. So oft schon hatte sie auf die Frage, ob es in ihrer Familie Krebs gegeben hätte, mit Nein geantwortet.

„Er hat mich belogen!" Das war noch viel schlimmer. Ihr Vater, dem sie immer vertraut hatte, hatte ihr nicht die Wahrheit gesagt. Und er sagte sie auch jetzt nicht. Das war ihr nun vollkommen klar.

Ein paar Tage später besuchte sie Ihren Vater in der Klinik. Er war inzwischen operiert worden. Sicherlich routinemäßig, dachte Cosima in einem Anflug von Sarkasmus für sich. Sie wollte sich nicht mehr belügen lassen.

„Bekommst Du dann Chemotherapie?" fragte sie ihn ganz direkt. Doch auch jetzt konnte sich Ralf Weinperger nicht zur Wahrheit durchringen.

„Nein, das ist nur eine medikamentöse Nachbehandlung." Cosima verstand ihn nicht. So viel Ignoranz hätte sie ihm nie zugetraut.

Trotzdem hoffte Cosima unerschütterlich, dass ihr Vater den Krebs besiegen möge. Er durfte nach Hause und erholte sich zuerst auch ganz gut. Doch bei der ersten „medikamentösen Nachbehandlung" fielen ihm die Haare aus. Es ging ihm schlechter und schlechter. Tageweise war er zu Hause und wieder in der Klinik. Selbst Cosimas Bruder, der ganz im Süden von Deutschland gelandet war, kam zu Besuch. Auch er konnte erkennen, was der Vater noch immer verleugnete: Er hatte Krebs im Endstadium.

So schwer es Ralfs Frau auch fiel, sie musste ihn am Sonntag Abend wieder in die Klinik bringen lassen. Cosima ahnte, dass es nicht mehr lange gehen würde.

„Mutti, ich möchte mitkommen, den Opa besuchen." Tim war sein ältester Enkel. Als Cosimas Mutter noch gelebt hatte, war Tim oft und gerne bei seinen Großeltern gewesen. In letzter Zeit hatte der Opa seinen Enkel nicht mehr verstanden. Seine schwarzen Sachen, seine auffälligen Frisuren, die Musik, die er hörte, fanden nicht seine Zustimmung. Doch Tim wollte seinen Opa noch einmal sehen. Auch er ahnte, was bald passieren würde.

So saßen sie an Ralf Weinpergers Bett und hielten seine Hand und wussten nicht, was er überhaupt noch merkte. Die Ärzte hatten ihm die Schmerzen mit Morphium genommen und so dämmerte er dahin.

Als am nächsten Morgen im Büro das Telefon klingelte und Cosima den Hörer abnahm, begriff sie nur eins: Er ist tot!

Sie hatte damit gerechnet, doch jetzt war es so unfassbar, wie jeder Tod unfassbar erscheint. Die Tränen liefen ihr über die Wangen, ein stummer Schrei kam über ihre Lippen und sie fühlte sich so unendlich allein.

„Nun habe ich keine Eltern mehr", war ihr erster Gedanke. So sehr hätte sie jetzt einen Menschen gebraucht, der ihr beistand. Doch Reiner war irgendwo in Europa unterwegs. Und Robert, der doch hier war, der den Vati gekannt hatte, der war einfach aus dem Büro gegangen, als er die Situation durchschaute. Cosima weinte haltlos.

Erst als Tim kam und sie sich gemeinsam auf den Weg zur Klinik und zum Bestatter machten, beruhigte sie sich. Tim war erwachsen geworden in diesen Tagen, schneller als ihnen allen lieb war.

Und wieder kam die Zeit der Rübenernte. Es gab immer viel Arbeit und doch war meistens die Stimmung gut. Cosimas Einsatz am PC zeigte Erfolg, sie arbeite selbständig, obwohl sie nie einen Kurs hatte belegen können, das erfüllte sie mit Stolz und brachte ihr Roberts Anerkennung ein.

In diese Zeit fiel auch ihr Geburtstag, eigentlich ihrer beider Geburtstag. Zuerst Roberts, zu dem sich Cosima immer schon Wochen vorher Gedanken über das Geschenk machte. Und ein paar Tage später dann ihrer, bei dem sie fürchten musste, dass ihn Robert schon mal vergaß. Vor ein paar Jahren hatte einmal ein Blumenstrauß auf ihrem Schreibtisch gestanden, den sie nicht zuordnen konnte. Und ihre Kollegin hatte gesagt: „Von einem stillen Verehrer." So sehr hatte sich Cosima gewünscht, dass es Robert sein möge.

Und nun kam Robert vom Acker rein. Er lächelte, reichte ihr erst die Hand, wünschte ihr alles Gute. Und dann umarmte er Cosima. Für ein paar Sekunden hielt er sie fest. Und Cosima wünschte sich, dass dieser Augenblick nie vergehen würde. Noch nie war er ihr so nahe gewesen, noch nie war sie ihrem Traum so nahe gewesen!

Einer der schönsten Tage im Jahr war jedes Jahr das gemeinsame Essen am Jahresende. Cosima sehnte diesen Abend immer schon lange herbei und wenn er dann da war, dachte sie, dass es sich dafür doch lohnte, das ganze Jahr durchzuhalten. In diesem Jahr war aber die Stimmung etwas getrübt. Cosima hatte berichtet, dass sie mit ihrem Mann in einer afrikanischen Gaststätte gewesen war. Das wollte Robert auch einmal ausprobieren. Doch er konnte nicht alle dazu überzeugen. Es war fast schon normal, dass er Cosima dafür verantwortlich machte, wenn es auch völlig widersinnig war.

Mit dieser schlechten Stimmung begann auch das neue Jahr. Es war nicht neu für Cosima, jedes Jahr war es im Januar so, wenn es nicht viel zu transportieren gab und das Geld knapp wurde. Doch diesmal war seine Unzufriedenheit beinahe unerträglich. Nichts konnten sie ihm recht machen, ständig suchte er nach Gründen, etwas zu verändern, was bisher doch gut funktioniert hatte.

Es hatte sich eingebürgert, dass Cosima und ihre Kollegin abwechselnd am Samstag arbeiteten. Diese Stunden waren nicht in ihrer eigentlichen Arbeitszeit enthalten. Sie arbeiteten beide eigentlich ohne Bezahlung. Sie hatten sich nie darüber beklagt. Cosima tat es aus ihrer Liebe zu Robert, die sich einfach in der Verbundenheit zur Firma widerspiegelte. Warum Marie es tat, wusste sie nicht, aber es war eben so. Jetzt kamen von Robert provozierende Fragen.

„Wer hat denn hier was zu sagen? Wer legt denn hier die Arbeitszeiten fest?" So ging es tagelang.

Schließlich ordnete Robert neue Arbeitszeiten an, um die Wochenstunden auszugleichen. Für Cosima bedeutete das, sie musste morgens eine halbe Stunde später in die Firma kommen. Doch das war leichter aufs Papier geschrieben, als getan. Sie hatte einen gewohnheitsmäßigen Rhythmus am Morgen und war jeden Tag zur selben Zeit wie vorher da. Wen hätte sie damit auch stören sollen?

Es war Anfang Februar, als sie morgens vor der Bürotür stand und nicht aufschließen konnte, weil der Schlüssel von innen steckte. Sie wusste, es wurde Getreide verladen. Roberts Auto stand auch schon auf dem Parkplatz, also ging sie zum Hintereingang der Lagerhalle. Es war kurz nach

7 Uhr, als sie die Halle betrat. Robert fuhr mit dem Radlader und Cosima ging ihm lächelnd entgegen. Das „Guten Morgen!" blieb ihr fast im Halse stecken, als sie Roberts Gesicht sah. Schweigend lief sie nach vorne zum Büro. Eine halbe Stunde später war nichts mehr wie es war.

Als er ins Büro kam und die Tür zu ihrem Zimmer schloss, ahnte sie sofort, dass nichts Gutes auf sie zu kam. Im nächsten Moment brach das Unheil über sie herein. Lange hatte Robert nicht so getobt.

„Was soll das?" brüllte er los. Cosima sah ihn erschrockenen an.

„Was wollten Sie denn schon hier?" Sie spürte, wie sich die Tränen gleich den Weg bahnen würden.

„Wer legt denn hier die Arbeitszeiten fest?"

Cosima verstand die Welt nicht mehr. Wenn sie zu spät gekommen wäre, sie hätte seinen Ärger verstanden. Aber sie war doch nur 20 Minuten früher da gewesen. Sie wollte ihm helfen, wiegen und Lieferscheine schreiben, wie sie es immer tat. Wo war ihr Vergehen?

Aus seinen wütenden Worten hörte sie Misstrauen heraus und sie fürchtete doch nichts mehr, als sein Vertrauen zu verlieren. Robert musste doch wissen, dass Cosima für ihn durchs Feuer ging! Zum ersten mal begehrte sie auf.

„Glauben Sie wirklich, dass ich Ihnen jemals etwas Böses tun würde?" Mit Tränen in den Augen und einem Kloß im Hals brachte sie die Frage heraus.

Doch eine Antwort bekam sie an diesem Tag nicht. Robert ließ sie einfach sitzen und ging an seinen Schreibtisch. Für ihn ging der Tag weiter. Und Cosima saß da in ihrer ganzen Trauer und Verzweiflung und begriff gar nichts.

In diesem Frühjahr war Cosima manchmal nahe dran, Robert zu hassen. Und oft, wenn er sie so richtig niedergemacht hatte und dann vom Hof fuhr, heulte sie ihre Verzweiflung erst mal heraus. Doch oft rief er Minuten später wegen irgendeiner Kleinigkeit an. So schaffte er es jedes mal, wenn sie gerade richtig wütend wurde, sie dazu zu bringen, ihm sofort zu verzeihen und nach einer Entschuldigung für sein Verhalten zu suchen.

Überhaupt telefonierten sie plötzlich sehr oft miteinander. Dabei war es Robert, der kaum einen Tag vergehen ließ, ohne Cosima noch mal am Abend zu Hause anzurufen. Eigentlich hätten diese Anrufe fast alle bis zum nächsten Tag Zeit gehabt. Doch es war nicht ihre Aufgabe, sich über ihren Chef zu wundern. Sie musste es hinnehmen, wie es kam. Es wäre ja auch gar nicht schlimm gewesen, hätte sie nicht bei jedem Anruf zuerst gebangt, ob sie irgend etwas falsch gemacht hätte.

Roberts Drang nach Veränderungen war ungebrochen, hatte aber auch gute Seiten. Der alte Kopierer brachte längst nicht mehr die besten Ergebnisse. Und eines Tages bestellte er ein neues Gerät. Schon am nächsten Tag, es war ein Freitag, wurde es geliefert. Robert begann sofort damit, es auszupacken und zusammen zu bauen. Alles passte soweit, der Stecker war in der Steckdose, doch beim Versuch, etwas zu kopieren, zeigte das Display einen Fehlercode. Robert baute also alles wieder auseinander und noch einmal zusammen, doch der Fehlercode blieb. Nach weiteren vergeblichen Versuchen, war er schon ziemlich gereizt.

Cosima dachte, er könne jeden Moment einer Rakete gleich durch die Decke schießen.

„Da muss es doch einen Service geben!" schimpfte Robert vor sich hin, und zu Cosima gewandt: „Rufen Sie mal da an!"

Cosima wählte die angegebene Nummer und dachte, sie müsse erstarren. Eine Bandansage tat ihr kund, dass der Service am Freitag bis 17 Uhr erreichbar sei. Es war 5 Minuten nach 17 Uhr.

Blass und fast starr vor Schreck ließ sie den Hörer sinken. Erleichtert registrierte sie aus den Augenwinkeln, wie Robert das Büro verließ, um sich die Hände zu waschen. Sie hoffte, dass ihn das kalte Wasser etwas beruhigen würde.

Einer Eingebung folgend sah Cosima noch einmal alle Transportsicherungen durch. Damit hatte sie zu Hause schon einmal Bekanntschaft gemacht. Und siehe da, eine Sicherungsschraube war noch an der falschen Stelle. Im nächsten Moment summte die erste Kopie heraus, als Robert gerade wieder ins Büro kam. Staunend ließ er sich die kleine Ursache mit der großen Wirkung zeigen. Cosima war noch immer zu keinem klaren Gedanken fähig, sie war nur froh, dass sie diese Situation so glimpflich überstanden hatte.

Plötzlich fasste Robert sie um die Taille, hob sie hoch und schwenkte sie durch die Luft.

„Mein kleiner Techniker!" lachte er und sein Gesicht war ihrem ganz nahe.

Cosimas Herz fing an zu rasen. Sie konnte sich kaum auf den Beinen halten, als sie Robert wieder auf dem Boden absetzte. Gemeinsam räumten sie die Verpackung weg und ihr zitterten noch die Knie, als sie das Büro verließ. Sie wusste genau, wie anders diese Situation hätte enden können. Der Sündenbock wäre sie auf jeden Fall gewesen. So aber fühlte sie sich an diesem Tag glückselig und ihr Traum war wunderschön.

Von dem Tag an war das Verhältnis zwischen Robert und Cosima irgendwie entspannter. Er redete häufiger und auch intensiver mit ihr, zeigte ihr Sachen, für die er sie noch vor kurzem für nicht kompetent gehalten hätte.

Bei dem in den Lagerhallen eingelagerten Getreide mussten regelmäßig die Temperaturen überprüft werden. Seit der letzten Kontrolle war schon wieder einige Zeit vergangen.

So sagte Robert eines Tages Ende April zu ihr: „Nehmen Sie die Tabellen, wir machen das gleich gemeinsam."

Gemeinsam gingen sie also in die Lagerhalle und überprüften die Messstellen. Seit langem hatte Cosima ein wenig Höhenangst und fand die Leiter, die auf den fast vier Meter hohen Getreidehaufen hinauf und wieder hinunter führte, nicht eben bequem. Als sie wieder herab stiegen, hielt ihr Robert seine Hand entgegen. Dankbar nahm sie seine Hilfe an. Doch im nächsten Moment hob er sie einfach von der Leiter und hielt sie auf seinen Armen fest. Er hätte sie jetzt eigentlich absetzen können, doch er hielt sie weiter fest und sah ihr in die Augen.

Dann sagte er zu ihr: „Meine Beste, oder?"

Cosima begriff, dass es eine Frage war und Robert auf eine Antwort wartete, doch sie brachte vor Aufregung kein Wort heraus.

„Oder?" wiederholte Robert.

Leise flüsterte sie nur: „Ja!"

Ja, sie wollte seine Beste sein, sie wollte das schon so lange und nichts mehr als das! Jede Faser ihres Herzens liebte ihn doch schon!

Die Tage vergingen. Mitte Mai meldete sich Cosimas Kollegin krank. So waren Robert und Cosima den ganzen Tag allein im Büro. Es war für sie ja nichts Neues, wenn es auch in der letzten Zeit seltener vorkam.

Zum Feierabend stand Robert bei Cosima am Schreibtisch, als sie das Radio abschaltete und gehen wollte.

„Wenn ich nun noch Radio hören will?" traf sie Roberts Frage wie ein Schlag.

Was habe ich nun wieder getan? So schoss es ihr durch den Kopf und sie stotterte: „Aber Sie hören doch sonst kaum Radio."

Nein, nur nicht schon wieder einen Streit mit ihm haben, dachte Cosima und wollte ihre Sachen nehmen.

Da hielt er sie plötzlich fest und fing an, sie zu kitzeln. Cosima musste lachen und bettelte: „Aufhören, bitte!"

Doch das tat Robert nicht.

„Endlich hat es mal geklappt!" freute er sich, während Cosima schon ganz außer Atem war.

Dann hörte er aber doch auf und zog sie an sich. Im nächsten Moment drückte er ihr einen Kuss auf die Wange. So sehr sich Cosima immer seine Nähe gewünscht hatte, mit dieser plötzlichen Zärtlichkeit konnte sie nichts anfangen. Ihr Herz schlug ihm entgegen, doch sie fürchtete um ihre Beherrschung. Sie machte einen Schritt zurück, riss ihre Tasche vom Stuhl und ergriff regelrecht die Flucht.

Erst als sie im Auto saß, atmete sie tief durch. Und in Gedanken fragte sie ihn und sich: „Oh Robert, was hast Du da getan, was soll daraus werden?"

6.

Und wenn Dein Auge nun vermag
Zu schauen auf mich wie in ein Buch
So lies in mir und lern´ mich lieben

Am nächsten Morgen war sie früh wieder im Büro. Robert und Cosima frühstückten gemeinsam. Über den Abend zuvor verloren sie kein Wort.

Es war kurz nach 9 Uhr, als Robert sie zu sich ins Büro rief.

„Komm mal her!" forderte er sie auf.

Schon dieser Satz hätte Cosima hellhörig werden lassen müssen. Doch sie trat an seinen Schreibtisch heran, überzeugt, er wolle ihr etwas zeigen. Als sie nahe genug war, ergriff er sie und zog sie in seine Arme.

„Du warst gestern so schnell weg." Mit diesem Satz küsste er sie wieder auf die Wange, so wie schon am Abend zuvor. Dann hielt er Cosima seine Wange mit den Worten entgegen: „Ich heiße Robert."

Er hielt sie ganz fest und Cosima hielt ihn auch fest. Das war wie im Traum. Doch sie träumte nicht, sie war hier im Büro. Sie hauchte einen Kuss auf seine Wange und flüsterte nur:

„Danke!"

Mehr brachte sie einfach nicht über die Lippen. Auf diesen Moment hatte sie mehr als 7 Jahre gewartet. Die kleinen krabbelnden Raupen in ihrem Bauch schienen geschlüpft zu sein, denn jetzt machten sich Schmetterlinge in ihr breit. Sie schienen mit ihr zu den Wolken zu schweben. Und dann ergriff sie eine Ahnung, dass Robert vielleicht doch mehr für sie empfand, als er bisher gezeigt hatte.

Die folgenden Stunden verbrachte Cosima wie im Rausch. Bei jeder Bewegung glaubte sie zu schweben. Noch immer kam ihr alles so unwirklich vor, konnte sie dem Glück nicht recht glauben, das ihr gerade begegnet war. Sie fühlte sich wie ein Kind, dem Weihnachten der größte Wunsch erfüllt wird. Doch obwohl sie ihn in

Gedanken längst Robert nannte, fiel es ihr jetzt nicht leicht, das Du auszusprechen.

Gegen Mittag wollte sie mit dem Hubwagen eine neue Palette mit Weizensäcken aus der Halle holen. „Warte doch, ich mache das", rief Robert ihr zu. Aber Cosima wollte nicht warten, bis er sein Telefonat beendet hatte. Schließlich erledigte sie solche Arbeiten immer allein. In der ersten Kurve kamen die Säcke ins Rutschen und landeten auf dem Boden. Gerade da kam Robert dazu.

„Na, hast Du wieder nicht auf mich gehört?" sagte er zu ihr. Doch seine Stimme klang nicht ärgerlich wie sonst in solchen Fällen. Er grinste, als er die heruntergefallenen Säcke wieder auf die Palette stapelte. Dann ergriff er Cosima und wirbelte sie kopfüber durch die Luft, um ihr gleich darauf einen Klaps auf den Po zu geben, ehe er sie wieder absetzte. Ihre Knie waren weich wie Pudding, ihr Puls raste und ein warmes Glücksgefühl breitete sich in ihr aus.

Am Nachmittag brachten sie eins der Fahrzeuge in die Werkstatt, die sich in der Stadt befand. Als sie zurück fuhren, machte Robert einen Umweg.

„Und hier wohne ich." Sie hielten vor einem hübschen Einfamilienhaus. Cosima wusste längst, wo Robert wohnte, doch sie war noch nie direkt davor gewesen. Jetzt schloss er die Tür auf. „Komm, ich zeige es Dir." Robert führte Cosima durch die Räume, in denen er sein Leben verbrachte und sie spürte, dass es etwas ganz Besonderes war, dass er sie so nahe an sich heran ließ.

Auch an den nächsten Tagen lebte Cosima wie auf einer Wolke. Keine einzige von Roberts gefürchteten sarkastischen Bemerkungen, kein böses Wort trübte die Stimmung. Nie in all den Jahren hatte sich Cosima so sicher gefühlt.

Am Wochenende kam Reiner von seiner Tour mit dem LKW zurück und auch Tim, der in einer 150 Kilometer entfernten Fachschule zum Informatiker ausgebildet wurde, kam heim. Cosima konnte die Neuigkeit einfach nicht mehr für sich behalten. In ihrer überschäumenden Freude wollte sie ihre Familie daran teilhaben lassen.

„Es gibt Dinge, die kann man nicht kaufen", zitierte sie einen Werbeslogan. „Robert hat mir sein DU geschenkt!"

Auch Reiner und Tim wunderten sich darüber, nach über 7 Jahren hatte mit dieser Entwicklung keiner mehr gerechnet.

Reiner sah Cosima an und sagte spöttisch: „Da muss ich jetzt wohl auf Euch aufpassen?!" Er wusste ja um Cosimas Gefühle.

Nach dem Wochenende war von Cosimas Sicherheit erst mal nicht mehr viel übrig geblieben. Plötzlich redete Robert Cosima wieder mit Sie an. Sie grübelte den ganzen Tag darüber nach, ob sie vielleicht doch wieder etwas verbockt haben könnte. Denn nur das hätte eine Erklärung für sein Verhalten zugelassen. Doch sie war sich keiner Schuld bewusst und konnte sich nicht erklären, warum und für was er sie bestrafte.

Am nächsten Morgen beim Frühstück nahm Cosima all ihren Mut zusammen und fragte ihn.

„Ach, weißt Du", fing Robert fast verlegen an. „Das liegt wohl irgendwie an der Gewohnheit, 7 ½ Jahre sind eben eine lange Zeit." Und dann hob er sie einfach hoch. Ihre kaum 50 Kilo leisteten keinerlei Widerstand. Robert hielt sie fest und sagte: „Du und ich, wir sagen jetzt Du und bleiben Freunde, auch wenn wir uns mal streiten. Wir sind ja schließlich schon fast so was wie ein altes Ehepaar."

Am liebsten hätte Cosima ihn gar nicht mehr losgelassen. Sie war so glücklich! Und die Panik, die sich gerade noch in ihr breit machen wollte, war wie weg geblasen.

Von nun an war jeder Tag für sie wie ein Geschenk. Voller Freude ging sie jeden Morgen zur Arbeit. Jahrelang hatte sie ständig mit einem neuen Hieb von Robert gerechnet. Jetzt konnte sie ihm sogar ohne Angst einen Fehler eingestehen.

In der nächsten Woche stand eine Lagerkontrolle des Getreidelagers auf dem Plan. Cosima war inzwischen die zuständige Sachbearbeiterin. So fragte sie Robert, ob sie dafür morgens eher kommen sollte und er bejahte das.

„Na dann, bis morgen, in der Frühe!" verabschiedete sich Robert am Abend vorher von ihr.

Cosima sah ihn an: „Ja, wenn ich darf!"

Roberts Blick war fragend: „Wieso, darf?"

Cosima musste schlucken, die schrecklichen Bilder vom Februar waren noch gar nicht so verblasst.

„Ich habe mal großen Ärger gehabt, weil ich zu früh gekommen bin. Das habe ich nicht verstanden, und werde es wohl nie vergessen", erklärte sie ihm ihr Verhalten.

„Das hatte doch nichts mit Dir und mir zu tun", erinnerte sich nun auch Robert an diesen Tag. „Aber Du weißt doch, dass wir noch einen Chef über uns haben und Herr Haan hatte mir gerade vorgeworfen, dass ich wohl nicht mal wüsste,

wer hier wann arbeitet. Da war ich eben geladen!"

Das war das Wort, das Cosima fast aus der
Fassung brachte. Ja, geladen war er gewesen.

Robert fing ihren verstörten Blick auf. „Was ist,
so schlimm?"

„Ja, das war sehr schlimm!" brach es aus Cosima
heraus.

„Na, komm her!" Mit diesen Worten zog er sie
in seine Arme. Er hielt sie fest umfangen und
Cosima schlang ihre Arme um seinen Hals. „Ich
dachte damals, ich hätte Dein Vertrauen verloren", brachte sie leise hervor.

Robert drückte sie sanft an sich und hauchte
einen Kuss auf ihre Wange, ehe er sie langsam
wieder los ließ.

In diesem Augenblick waren für Cosima alle
ihre sehnsüchtigen Träume Wirklichkeit geworden. In Roberts Armen fühlte sie sich so sicher, so
geborgen. Noch lange danach spürte sie seine
Berührungen, die so selbstverständlich waren. Sie
wusste ja, dass sie ihn liebte, doch fragte sie sich

nun: Was wusste er davon? Sie war am Ziel ihrer Wünsche angekommen. Über mehr konnte und wollte sie nicht nachdenken.

Cosima genoss das Leben in vollen Zügen. Robert überließ ihr nun oft die Verantwortung. Und was zwischen ihnen zu sagen war, dafür brauchten sie keine Worte. Seine Zuneigung, die sie deutlich spürte, gab ihr Sicherheit. Sie fühlte sich von ihm geliebt, obwohl noch kein Wort über Gefühle gefallen war.

Anfang Juni stand ein neuer LKW zum Abholen in Karlsruhe bereit. Robert hatte schon vor ein paar Wochen versprochen, dass Cosima und Marie diesmal mitfahren durften, wenn der LKW-Fahrer seine neue Zugmaschine in Empfang nahm. Und er hielt Wort. Eines schönen Sonntags Mittag fuhren sie zu dritt los. Cosima fuhr die erste Hälfte der Strecke, ihr Kollege Hansi die zweite Hälfte. Cosima war noch nie in der Gegend von Frankfurt gewesen und nun lag die Skyline von „Mainhatten" in der Abendsonne vor ihr und die Jets von Airport schienen fast die Autobahn zu berühren. Das alles war so atemberaubend schön, dass sie strahlte, wie ein kleines Kind beim Anblick des Christbaumes.

In Karlsruhe angekommen nahm Cosima ihr Handy und rief Robert an. Sie hatte es ihm versprochen und hätte sie sich nicht gemeldet, hätte er bestimmt bald seinerseits angerufen. Am anderen Ende nahm Roberts Frau den Anruf entgegen. Doch noch ehe sich Cosima richtig gemeldet hatte, gab Roberts Frau schon das Handy weiter und Cosima hörte, wie sie sagte: „Es ist Cosima!" Eine große Freude kam über sie, denn nun wusste sie, er hatte ihre Nummer gespeichert, und das noch mit dem Vornamen!

Cosima hatte noch nicht so oft Gelegenheit gehabt, in einem Hotel zu übernachten, doch dieses übertraf Ihre Erwartungen. Das Abendessen schmeckte wunderbar und das Glas Wein, was sie zur Feier des Tages mit Marie trank, beschwipste sie so, dass sie sich federleicht fühlte. Völlig aufgekratzt und gar nicht mehr

Herr ihrer Sinne und ihrer Gefühle, fand sie kaum Schlaf in der Nacht. Als dann auch noch ein Gewitter aufzog, lag sie nur noch wach und dachte an Robert.

Am nächsten Tag nutze sie jede Pause während der Einweisungen und der Werksbesichtigung, um mit Robert zu telefonieren. Und als sie ihm von ihrer schlaflosen Nacht erzählte, machte er sich Sorgen, weil sie doch die Heimfahrt allein durchhalten musste. Marie traute sich das Fahren auf der fremden Autobahn einfach nicht zu. Aber Cosimas Adrenalinspiegel war dermaßen hoch, dass keine Müdigkeit aufkam. Trotzdem rief Robert noch einige Male an, um sich zu vergewissern, dass alles in Ordnung war.

Kurz vor Eisenach meldete sich Cosima bei ihm.

„Wir erreichen das Hoheitsgebiet der DDR!" teilte sie ihm mit.

„Na dann, willkommen in der Zone!" gab Robert die Blödelei zurück. Sie lachten beide.

„Weißt Du", überlegte Robert dann „es wird doch ziemlich spät heute. Das Beste wird sein, Ihr beide kommt morgen früh erst um 10 Uhr. Ich halte schon so lange noch die Stellung."

Cosima wusste, wegen ihr hätte es nicht sein müssen, sie war fit, aber sie wollte auch keine Widerworte geben. Zu tief saß die Gehorsamkeit in ihr drin. So antwortete sie brav: „Gut, wenn Du meinst! Dann also bis morgen!"

Da fiel ihrer Kollegin etwas auf. „Das war doch eben der Chef? Sagt Ihr Du zueinander?"

Cosima atmete tief durch, ehe sie antwortete: „Ja, seit 16 Tagen und etwa 10 Stunden." Es war der Beginn ihrer neuen Zeitrechnung.

Am nächsten Tag schien es erst so, als würden sie sich gar nicht sehen, denn Robert war gerade losgefahren als Cosima kam. Er musste noch Hansi und den dazugehörigen Sattelauflieger abholen. Aber sie telefonierten. Es war so schön, seine Stimme zu hören. Und als er am Abend anrief und sie bat, noch einmal in die Firma zu kommen, da flog sie ihm förmlich entgegen. Sie hatte ihm ein kleines Geschenk mitgebracht, um sich für diesen schönen Tag zu bedanken und sie wusste, er würde sie dafür in den Arm nehmen. In diesem Moment versank sie in einer Woge von Glück.

7.

So schreie nicht – erkenne mich

Ich führe und ich liebe Dich

Irgendwie stand Cosima ständig unter Strom. Sie war bis über beide Ohren verliebt und konnte sich die Welt nicht schöner vorstellen. Robert fand immer öfter einen Vorwand für eine liebevolle Geste, eine zärtliche Berührung.

Als Cosima am Kopierer stand, legte er ihr von hinten die Arme um die Taille. Sie lehnte sich an ihn und genoss diesen Moment, der inniger nicht hätte sein können.

Nach der Mittagspause sagte Robert zu Cosima: „Komm, ich will Dir mal ein paar Sachen zeigen, falls ich mal nicht da bin."

Diese Notwendigkeit konnte bald eintreten, denn es gab die Mitteilung, dass Getreide ausgelagert werden sollte und irgendwann wollte auch Robert Urlaub nehmen. So gingen sie also in die Getreidehalle und Robert erklärte Cosima die Funktion der Elevatoren. Er stand dicht hinter ihr und sie spürte seine Arme um ihre Schultern und genoss seine Nähe. Aber die Elevatoren waren ihr hinterher so fremd wie vorher.

Dann gingen sie in die nächste Halle, um den organisatorischen Ablauf zu besprechen. Kurz bevor sie die Halle wieder verließen, hielt Robert Cosima fest und zog sie in seine Arme.

Er sah ihr in die Augen und sagte, wie schon einmal, zu ihr: „Meine Beste, ja?"

Cosima antwortete nicht und Robert korrigierte sich: „Oder meine Zweitbeste?"

„Ja, das ist okay!" Cosima hatte in den letzten Tagen schon mehrfach an seine Frau gedacht und fand die Reihenfolge so in Ordnung.

„Ich hatte eigentlich mit Protest gerechnet" erwiderte Robert mit etwas Empörung.

„Nein, es ist gut so!" bestätigte Cosima. Robert küsste sie auf die Wange und sie schmiegte sich an ihn.

Im nächsten Moment riss er sie mit einer unerwarteten Heftigkeit noch fester an sich.

In einem Tonfall, der keinen Widerspruch zu dulden schien, forderte er: „Komm endlich her, Du!"

Nur Bruchteile von Sekunden später spürte Cosima Roberts Lippen auf den ihren. Fast erstarrte sie in seinen Armen, so übermannte sie dieser Augenblick. Und so, wie sich Jahre zuvor einmal ihre Blicke begegnet waren, schienen sie nun miteinander zu verschmelzen. Es durchzuckte sie wie Blitze, als seine Zunge fordernd in ihren Mund drang. Und so leidenschaftlich, wie er ihr entgegen kam, erwiderte sie seinen Kuss.

Zärtlich hielt er sie in seinen Armen. Da standen sie nun, Cosima und ihr Chef, in einer staubigen Getreidehalle, an ein rostiges Förderband gelehnt und hatten sich endlich gefunden. Ihre Füße schienen den Boden nicht mehr zu berühren.

Jetzt war der Moment gekommen, in dem sie es ihm sagen konnte:

„Ich habe Dich so lieb! – Und ich hatte mal solche Angst vor Dir!" gestand sie ihm.

Liebevolles Streicheln unterstrich seine Worte: „Das musst Du nicht!"

Und Cosima glaubte ihm nur zu gern.

Nachdem sie sich voneinander gelöst hatten, fragte Robert noch mal nach: „Hatte ich so einen schlechten Ruf?"

„Ja, auch", sagte Cosima nachdenklich. Irgendwann würde es an der Zeit sein, ihm alle ihre zwiespältigen Gefühle zu erklären.

Jetzt mussten sie erst einmal zur Tagesordnung übergehen. Sie verließen die Halle und traten hinaus in einen sonnenhellen Nachmittag. Alles in ihr bebte noch, während sie gemeinsam in Richtung Büro gingen. Robert wollte wieder Normalität in das Geschehen bringen.

„Fährt eigentlich Tim zu Pfingsten wieder nach Leipzig?" versuchte er das Gespräch in unverfängliche Bahnen zu lenken. Cosima nickte nur.

„Und Jule fährt mit?" fragte er weiter.

„Ja, ja, sie sind sicher schon unterwegs", gab ihm Cosima eine Antwort.

Doch sie war noch immer weit entfernt vom Erdboden.

Als sie im Büro ankamen, sah Marie sie an wie einen Geist.

„Was ist denn mit Dir los, ist was passiert?" fragte sie Cosima.

„Nein, nein, alles in Ordnung!" beeilte sich Cosima zu versichern, während Robert den Kopf schüttelte: „Was soll denn sein, Frau Müller?"

Cosima wusste nicht, wie sehr ihr das Erlebte noch anzusehen war. Doch sie hatte Probleme, die Tasten ihres Computers zu treffen. Sie war total verwirrt. Schlagartig wurde ihr bewusst, dass es jetzt kompliziert werden konnte. Sie waren beide verheiratet, und beide nicht unglücklich. Cosima hatte keine Ahnung, wie es weiter gehen sollte. Sie hütete erst mal das kleine süße Geheimnis und als sie sich von Robert verabschiedete, da sagten seine Augen mehr als alle Worte.

Am Abend war Cosima zu Hause mit ihren Gedanken allein. Der nächste Tag war Pfingstsamstag. Tim und Jule waren schon zum Wave Gotik Treffen gefahren, da suchte sich Cosima eine CD aus Tims Zimmer heraus. „ILLUMINA-TE – Erwachen", es war die CD, die Cosima am liebsten hörte. So oft in der letzten Zeit hatten die melancholisch-traurigen Balladen ihr über ein Tief hinweg geholfen, hatten ihre Gefühle so gut wiedergegeben. Nun hörte sie die Songs und träumte vor sich hin. Wie oft hatte sie dabei gedacht: Oh verdammt, merkte Robert denn nichts? Nun war alles so anders.

Cosima nahm die CD aus dem Player und pack-te sie ein. Robert wollte doch schon immer mal „Grufti-Musik" hören. Nun, sollte er es doch!

Am Morgen legte Cosima die CD auf Roberts Schreibtisch. Als er kam, sah er verwundert darauf.

„Was ist das?"

„Die CD ist von Tim", erklärte Cosima. „höre sie Dir mal an. Und beim 5. Titel höre ganz genau hin. Dann denke an mich und Du weißt, was ich fühlte, wenn ich großen Stress mit einem gewissen Chef hatte!"

Würde er verstehen, dass er ihr „Geheimes Leben" war?

Nachdenklich steckte Robert die CD ein.

Und Cosima haderte mit dem Kalender, der ihr ausgerechnet jetzt das lange Wochenende und damit einen zusätzlichen Tag voller Sehnsucht aufbürdete. Immer wieder stand sie zu Hause am Küchenfenster und blickte gedankenverloren in die Richtung, wo die Getreidehalle stand. In ihrem Magen schienen Tausende kleiner Krabbeltierchen zu leben.

Endlich war es Dienstag geworden. Endlich konnte Cosima wieder bei Robert sein. Sie lebte nur noch für die Momente, wenn sie allein im Büro waren. Dann waren sie sich so nahe.

Am Nachmittag sprach Cosima Robert auf die CD an.

Er grinste: „Na ja, das mit dem Tod ist schon ganz schön düster."

„Und das 5. Lied?" wollte Cosima wissen.

„Ja", sagte Robert lächelnd „ich habe es verstanden!"

Am Mittwoch Nachmittag bauten Robert und Cosima die Laborgeräte für das Getreide auf. Noch nie hatten sie das so gemeinsam getan. Und noch nie hatten sie dabei gealbert wie zwei Kinder. Jetzt nutzten sie ihre gemeinsame Arbeit zu kleinen Zärtlichkeiten. Zwischen ihnen war ein wortloses Einvernehmen.

Später schloss Cosima die Seitentür ab und als sie sich umdrehte, stand Robert hinter ihr. Es war nur der Bruchteil einer Sekunde, dann lag Cosima auch schon in seinen Armen. Der leidenschaftliche Kuss stillte für einen Moment ihrer beider Verlangen. Als Robert sie losließ, bebte sie am ganzen Körper und ihre Hände zitterten, als sie den Computer abschaltete. Sie wollte sich von Robert verabschieden, als er sie wieder an sich zog. Sekunden später lagen sie sich erneut in den Armen.

Robert sah Cosima an. „Was soll das nur mit uns werden?" fragte er. „Das gibt doch irgendwann großen Ärger."

Doch Cosima war das egal. „Daran will ich jetzt nicht denken", erwiderte sie. „Ich habe Dich doch so lieb!"

Und Robert sah sie liebevoll an: „Ich Dich doch auch!"

Es war die erste Liebeserklärung, die Ihr Robert gemacht hatte und Cosima war fast schwindlig vor Glück, als Robert sie in einen Nebenraum trug. Dort waren sie vor neugierigen Blicken von außen sicher. Er setzte sie auf eine Palette mit Weizensäcken, wo sie sich sofort wieder in den Armen lagen und küssten, bis sie atemlos waren. Dann streichelten sie sich einfach und sahen sich an, als hätten sie sich gerade neu entdeckt. Und irgendwie war es ja auch so.

Als ihm Cosima gestand: „Ich habe so viel wegen Dir gelitten. Jetzt bin ich einfach nur glücklich!" da antwortete Robert mit Küssen, heftig, fordernd, leidenschaftlich und doch so zärtlich.

Und dann, nach tiefem Durchatmen konnte Cosima ihn zum ersten Mal mit seinem Vornamen anreden.

„Ach Robert!" flüsterte sie.

„Ja, der bin ich wohl!" lächelte er zurück.

Sie lachten beide über die Situation am Freitag, als sie aus der Lagerhalle kamen und Marie die kompromittierende Frage gestellt hatte. Auch Robert war nicht bewusst gewesen, wie verändert Cosima aussah. Und es wurde ihnen klar, dass sie vorsichtig sein mussten. Eine Entdeckung ihrer Beziehung war das Letzte, was sie jetzt brauchen konnten.

Dann sprachen sie über sich.

„Es reicht mir, wenn ich Deine Zweitbeste bin" knüpfte Cosima an das Gespräch ein paar Tage vorher an. Sie wollte nicht in seine Familie eindringen und er nicht in ihre. Robert hatte Elke, Cosima hatte Reiner, und nun hatten sie noch sich.

Sie hätte ihm jetzt noch so viel sagen können, doch irgendwie war das alles unwichtig geworden. So lange hatte sie ihn heimlich geliebt, nun tat sie es mit seiner Erlaubnis.

Nach einem langen, leidenschaftlichen Kuss trennten sie sich. Doch kaum war Cosima zu Hause angekommen, klingelte ihr Handy.

„Jetzt muss ich erst mal die Batterien von meinem Herzschrittmacher wechseln!" stellte Robert fest.

Cosima musste lachen und Robert warnte sie: „Falls Du noch mal weg gehst, sieh Dich vorher im Spiegel an!"

Er hatte Recht, Cosima glühte noch bis zu den Ohren.

Aber sie wollte auch gar nicht mehr weg. Sie wollte nur noch von ihm träumen, bis sie sich am nächsten Morgen endlich wieder sehen konnten.

Es wurde ein arbeitsreicher Tag. Bis zum Mittag wurde Getreide bemustert. Dazwischen kam ein LKW, der alte Gastanks von einem Lagerplatz abholte, der auch zur Firma gehörte. Der Fahrer war nicht zum ersten mal da, Cosima überließ ihm die Schlüssel vom Lagerplatz und er belud sein Fahrzeug. Später am Nachmittag, als langsam Ruhe einkehrte, und auch der LKW längst weg war, fiel Cosima auf, dass der Schlüssel nicht an seinem Platz war. Zum Glück konnte sie den Fahrer telefonisch erreichen und er versicherte ihr, dass er morgen wieder zurück sei und den Schlüssel dann mitbringen würde.

Doch dann schoss es Cosima durch den Kopf: Was würde Robert dazu sagen? So ein Vorfall wäre immer ein Grund für Panik und Zittern gewesen. Marie wusste auch, wie schnell der Chef wegen Kleinigkeiten ausrasten konnte und riet Cosima, einfach nichts zu sagen: „Vielleicht merkt es der Chef gar nicht bis morgen."

Doch für Cosima war jetzt alles anders. Sie vertraute Robert und wollte auf keinen Fall unehrlich sein.

Als er kam, setzte sie sich zu ihm ins Büro und beichtete ihr Missgeschick mit den Worten: „Du kannst mich hauen!"

„Wieso das?" blickte sie Robert ungläubig an.

Cosima schlug das Herz bis zum Hals. So ganz sicher war sie sich seiner Reaktion nicht.

Doch Robert nahm ihre Hand und beruhigte sie „So schlimm ist das nun auch wieder nicht!" Und damit war die Sache erledigt.

Der Feierabend nahte und bei jedem Blick, den sich Robert und Cosima zuwarfen, freuten sie sich aufeinander. Doch erst kam noch Herr Haan, der Hauptgeschäftsführer und ihrer beider Vorgesetzter. Mit diversen mehr oder weniger wichtigen Sachen nahm er Robert in Anspruch und Cosima versuchte sich auch noch eine Weile sinnvoll zu beschäftigen. Endlich ging er, doch kaum war er draußen, kam er wie zur Kontrolle noch einmal ins Büro, ehe er wirklich vom Hof fuhr.

„Man könnte glauben, es hätte ihm einer was gesteckt", meinte Robert.

Aber das war ja fast unmöglich, wo sie es doch selber kaum wussten.

Robert schloss das Büro ab und schob Cosima vor sich her in den Vorratsraum auf eine Palette mit Futtersäcken. Ohne ein weiteres Wort fielen sie sich in die Arme und versanken in einem heißen Kuss.

Eng aneinander gekuschelt saßen sie dann da.

„Ich kann gar nicht glauben, was uns da mit über 40 passiert. Ich fühle mich fast wieder wie ein Teenager", stellte Cosima fest.

„Ja, wie mit 18!" bestätigte Robert ihre Gedanken.

„Da fällt mir auch wieder ein, wie man damals die Zeit verbracht hat!" lachte er und zog sie für einen weiteren Kuss in seine Arme.

Niemals zuvor hatte sie ein Mann so atemberaubend geküsst. Bei jedem neuen Zungenschlag zuckte es wie tausend Blitze in ihr.

Dann sprachen sie zum ersten Mal offen über ihre Gefühle in den letzten 7 Jahren.

„Seit wann weißt Du, dass ich mehr für Dich empfinde?" fragte ihn Cosima.

Die Antwort überraschte sie völlig.

„Ach weißt Du, ich wusste von Anfang an, dass es irgendwann zwischen uns passieren würde, seit ich Dich wieder gesehen habe. Ich habe es nur, so lange es ging, hinausgeschoben!"

„Was heißt das, wieder gesehen?" wollte Cosima nun wissen.

Und Robert erzählte Cosima von einer kurzen Begegnung mit ihr, an die sie sich leider gar nicht mehr erinnern konnte. Es war zur Eröffnung einer Messe gewesen, als Cosima noch die Genossenschaft vertreten hatte und da hatte Herr Haan ihm, der damals noch ein Geschäftspartner war, die junge Kollegin vorgestellt. Robert wusste sogar noch, welche Kleidung Cosima getragen hatte. Und dann stand sie plötzlich vor seinem Schreibtisch, in Arbeitssachen und ziemlich aufgeregt. Und nach einem kurzen Überlegen fiel ihm ein, wo er sie schon mal gesehen hatte und wie sie ihm gefallen hatte.

Cosima war fassungslos.

„Und warum in aller Welt, hast Du mich dann so lange so schlimm behandelt?" Jetzt wollte sie das aber wirklich wissen.

„Es ist für mich nicht einfach, abzuschalten", fing Robert an zu erklären. „und wenn ich wütend bin, dann trifft es eben manchmal den, der gerade da ist, manchmal eben den Falschen. Du musst das nicht so persönlich nehmen.

Und außerdem war es wohl manchmal so etwas wie Selbstschutz."

Cosima konnte ihn verstehen. Sie hatte sich doch auch lange gegen ihre Gefühle gewehrt.

„Und dann hast Du auch manche Zeichen von mir nicht verstanden", erzählte Robert weiter. „Und darauf habe ich dann wohl mit Abwehr reagiert."

Da waren sie also aneinander vorbei gelaufen und hatten beide gelitten. Lange hatte der Verstand die Macht gehabt, bis die Herzen siegten.

Aber nun saßen sie hier auf dem Entenfutter und lagen sich in den Armen und wollten gar nicht wieder aufhören, sich zu küssen. So viel lange zurück gehaltene Zärtlichkeit brach sich Bahn. In Roberts Armen schien für Cosima die Welt zu versinken.

„Mein geliebter Chef!" flüsterte sie. Ein Lied von Klaus Lage fiel ihr ein: Tausend mal berührt, tausend mal ist nichts passiert.

Ja, bis es dann „Zoom!" gemacht hatte.

Und immer wieder redeten sie über sich. Sie stellten fest, dass sie beide bisher treu gewesen waren. Beide waren sie über 20 Jahre verheiratet. Seit Cosima Reiner kannte, hatte sie keinen anderen Mann geküsst, bis Robert kam.

Und Robert meinte lachend: „Dann sind wir eben jetzt doppelt treu!"

Sie wünschte sich, die Zeit möge stehen bleiben. Und plötzlich, es war eigentlich unerklärlich, merkte sie, dass ihre Uhr stehen geblieben war, genau in dieser Zeit.

Doch natürlich blieb die Zeit nicht stehen.

Als Cosima eine Stunde später ins Auto stieg, lief im Radio ein bekannter Country-Song: Die Liebe ist ein Ring aus Feuer!

Ja, sie spielten mit dem Feuer. Sie wussten es beide und konnten es nicht lassen.

8.

Ein Morgen darf es niemals geben
Da Du, mein Traum, gegangen wärst
So darf ich denn erwachen erst
Nachdem auch Du mich liebst im Leben!

Schon lange hatte Cosima geplant, eine Woche
Urlaub zu nehmen, um mit Reiner im LKW mit
zu fahren. Sie hatte sich wirklich darauf gefreut,
denn LKW fahren war noch immer das Größte
für sie. Doch jetzt hätte sie jeden Grund, zu
bleiben, dankbar angenommen. Sie wollte nicht
weg von Robert. Aber sie hatte es Reiner versprochen und er freute sich so darauf. Er hatte gerade
die Firma gewechselt und konnte nun selber noch
keinen Urlaub nehmen. So war es die einzige
Möglichkeit für Reiner und Cosima, ein paar
gemeinsame Tage zu verbringen. Reiner war ihr
immer ein lieber Mann gewesen. Sie konnte mit
ihm über alles reden und sie hatte ihm auch
berichtet, dass es im Moment gut lief zwischen
ihr und Robert. Er hatte ja gemerkt, wie glücklich

Cosima war und wusste, dass es nur mit ihrem Chef zu tun haben konnte. Allerdings ahnte er nicht, welche Intensität diese Beziehung inzwischen erreicht hatte.

Am Freitag hatte Robert die Einladung eines Geschäftspartners zum Hafenfest angenommen und das bedeutete, dass sich Robert und Cosima nicht voneinander verabschieden konnten, ehe sie mit Reiner los fuhr.

„Rufst Du mich ab und zu an?" hatte Cosima noch gefragt.

„Glaubst Du nicht, das würde auffallen?" gab Robert zu bedenken.

„Ich glaube, es würde auffallen, wenn Du nicht anrufen würdest", erinnerte ihn Cosima an sein Telefonverhalten in der letzten Zeit, das auch nicht vor Abend und Wochenende zurück schreckte.

„Gut, dann melde ich mich, mir wird schon eine ‚dienstliche' Frage einfallen!"

Dessen war sich Cosima sicher.

Zum Abschied legte sie Robert noch eine Packung Kaugummi in den Schreibtisch. Sie hatte diese Gewohnheit immer noch beibehalten. Doch diesmal klebte sie einen Aufkleber drauf: „ICH DENK AN DICH!" stand da geschrieben.

Am Samstag Vormittag fuhren Reiner und Cosima los. Sie hatten geplant, das Wochenende bei Reiners Bruder in Bayern zu verbringen, der ebenfalls Kraftfahrer war, und stellten den LKW dort in der Spedition ab. Während die Männer gemeinsam einen Kaffee tranken, blieb Cosima im LKW sitzen, allein mit ihren Gedanken und dem Handy. Und die Gedankenübertragung klappte! Robert rief an.

„Wann seid Ihr denn schon los gefahren?" wollte er wissen. „Bist Du allein?"

Cosima bejahte und berichtete von der Einteilung der Fahrtroute, dass Reiner bei seinem Bruder war und dass sie am Sonntag ins Schwimmbad gehen wollten. Sie redeten noch kurz und verabschiedeten sich.

Doch kaum eine Minute später war Robert wirklich etwas dienstliches eingefallen.

Cosima grinste. „Frag mich das doch einfach nächste Woche noch mal!"

Sie verabschiedeten sich ein zweites mal. Doch bald darauf klingelte das Handy wieder. Jetzt hatte er ihre Nachricht im Schreibtisch gefunden. „ICH AN DICH AUCH!" sagte er nur.

Nach einem erholsamen Sonntag fuhren Reiner und Cosima am Abend los, zuerst weiter nach Süddeutschland, dann in die Schweiz. Reiner hatte sich sehr um diese Tour bemüht, denn er wollte seiner Frau eine schöne Landschaft zeigen. Sie war vorher noch nie in der Schweiz gewesen und sah fasziniert auf den Gegensatz, der sich ihr bot zwischen der Ebene am Bodensee und den kurz danach steil aufragenden Alpen. Das Wetter war wunderschön, es gab keinen Zeitdruck, alles war bestens. Doch mit ihren Gedanken war Cosima ständig bei Robert. Sie nutzte jede Gelegenheit, um das Gespräch irgendwie in eine

Richtung zu lenken, um über ihre Firma und über ihren Chef reden zu können. In einer Raststätte kaufte sie sich einen kleinen Teddybären, der eine gewisse Ähnlichkeit mit Robert hatte. Sein Fell um die Nase wirkte wie ein kleiner Schnauzbart und sein Haarschopf war weich und wuschelig, wie Roberts Haar, wenn sie es mit den Fingern zerzauste. Nun lag der kleine Bär jede Nacht bei ihr, sie nannte ihn Robby.

Am nächsten Tag ging es zurück nach Süddeutschland und einen Tag später waren sie wieder ganz in der Nähe der Heimat. Nur im Abstand von wenigen Kilometern fuhren sie auf der Autobahn vorbei. Am liebsten wäre Cosima sofort ausgestiegen und nach Hause gegangen. Doch das konnte sie Reiner nicht antun.

Jeden Tag wartete sie auf einen Anruf von Robert. Am Morgen verkündete ein Radiosender im Horoskop für die Skorpione: „Heute erhalten Sie einen Anruf, auf den Sie gewartet haben." Cosima wartete bis zum Nachmittag und dachte dann, man muss vielleicht den Sternen ein bisschen auf die Sprünge helfen, damit es wenigstens für einen stimmt. Schließlich war Robert genau so Skorpion wie Cosima.

Als Reiner beim Beladen des LKWs war, rief sie Robert an. Ein tiefes Glücksgefühl durchströmte sie, als sie seine Stimme hörte. Doch ihre Sehnsucht war nicht zu stillen.

Am nächsten Nachmittag war es Robert, der anrief. Nun fragte er als erstes nach den Formularen, die ihm schon am Samstag eingefallen waren. Rücksichtsvoll zog sich Reiner zurück und nun konnte Cosima offen sprechen.

„Du fehlst mir so! Wenn doch nur schon Montag wäre!" sagte sie voller Sehnsucht.

Und Robert antwortete: „Wir haben uns sieben Jahre Zeit gelassen, jetzt haben wir mindestens noch einmal sieben Jahre Zeit."

Wie zur Bestätigung sang im Radio KARAT: „Über sieben Brücken musst Du geh'n, sieben dunkle Jahre übersteh'n ..."

In diesem Moment glaubte Cosima, dass sie die dunklen Jahre überstanden hätte.

Sie zählte schon die Stunden bis zum Montag.

Endlich war die Zeit des Wartens vorbei. Als Cosima am Morgen auf den Hof fuhr, kam Robert gerade aus der Tür. Sie sah seine Augen blitzen und das sagte einfach alles.

An diesem Tag war der 50. Geburtstag, von Hansi, einem Kollegen, dem wollten sie gemeinsam gratulieren. Als Marie die Blumen abholten, saßen Cosima und Robert einen Augenblick lang allein im Auto. Sie hielten sich an den Händen und Cosima sagte nur: „Ich habe Dich so vermisst!"

Dann mussten sie wieder zum kollegialen Ton übergehen.

Der Nachmittag verging. Es war kurz vor 17 Uhr, als noch ein LKW kam, der Gastanks abholen wollte. Er war nicht angemeldet und eigentlich wäre das ein Anlass für Ärger gewesen. Doch heute kam ihnen dieser Grund, Überstunden zu machen, sehr gelegen. Es würde mindestens eine Stunde dauern, bis der LKW beladen war. Der

Fahrer bekam mal wieder den Schlüssel vom Lagerplatz und Robert schloss das Büro ab.

Jetzt öffneten sich alle Schleusen. Sie hatten sich so sehr vermisst, dass sie nun regelrecht übereinander herfielen. Cosima spürte Roberts heißes Verlangen und ihr ganzer Körper drängte ihm entgegen. Seine Küsse waren so stürmisch, dass es fast schmerzhaft war. Aber sie genoss jede Berührung, die trotz ihrer Heftigkeit doch an Zärtlichkeit nicht zu überbieten waren. Roberts liebkosenden Lippen und Hände schienen überall auf ihrem Körper zur gleichen Zeit zu sein.

Gelegentlich sahen sie auf, wenn ein Geräusch ihnen verdächtig vorkam. Einmal schreckte Cosima förmlich zusammen. Da hielt sie Robert im Arm und beruhigte sie.

„Wozu bin ich denn da? Doch nicht, dass Du Angst hast!"

Aus tiefstem Herzen stellte sie fest: „ Nein, jetzt nicht mehr!"

Zwischendurch sprachen sie immer wieder über sich und wie sie die letzten Jahre erlebt hatten. Und Robert erzählte ihr, wie er eine Zeit lang jeden Tag noch einmal bei ihr anrief. Aus einem einzigen Grund:

„Ich wollte nur noch mal Deine Stimme hören!"

Und Cosima hatte nichts davon gemerkt. Wie viel Zeit hatten sie ungenutzt verstreichen lassen! Als wollten sie die verlorene Zeit aufholen, küssten sie sich wieder bis zur Atemlosigkeit.

Nichts war mehr übrig geblieben von der Distanz zum Chef. Er war nur noch der Mann, den sie liebte. Und sie war nur noch die Frau in seinen Armen.

Wenn Robert Cosima umarmte, durchsuchte er manchmal ihre Hosentaschen. Es amüsierte ihn, dass sie ständig Zettel, die er geschrieben hatte, mit sich herum trug.

Inzwischen hatte ihm Cosima auch erzählt, dass sie vor ein paar Jahren bemerkt hatte, dass sie ihn liebte. Und sie hatte ihm auch berichtet, dass sie seit dem wieder angefangen hatte, Tagebuch zu schreiben. So nahm sie also das Tagebuch und schrieb ein paar Auszüge aus dieser Zeit für ihn ab. Den Zettel steckte sie in ihre Hosentasche. Robert sollte ihn finden.

Am Abend stand noch ein LKW mit Dünger zum entladen in der Halle und Robert kam ins Büro, um sich von Cosima zu verabschieden. Sie lehnten an der Tür und küssten sich innig. Und wie vermutet, fühlte Cosima Roberts Hand in der Tasche ihrer Jeans. Er entdeckte den Zettel.

„Nimm ihn raus", forderte Cosima ihn auf.

„Post?" fragte Robert.

„Ja, Post."

In dem Moment mussten sie sich trennen, doch Cosima wusste, dass er nun etwas von ihr bei sich trug.

Am nächsten Morgen wartete Robert nur eine günstige Gelegenheit ab, um Cosima auf die „Post" anzusprechen.

„Gibt es noch mehr solche Notizen zum Plan?" wollte er wissen.

„Ich habe schon immer Tagebuch geschrieben, mal mehr, mal weniger", begann Cosima zu erklären. „Das hat mir immer geholfen, wenn ich mit keinem sprechen konnte. Da habe ich das auch vor ein paar Jahren geschrieben. Und dann habe ich es weit hinter in den Kleiderschrank gelegt, bis vor ein paar Wochen. An dem Tag, als Du mich abends gekitzelt hast, habe ich es wieder hervor geholt."

„Wenn das nun jemand findet?" befürchtete Robert.

„Weißt Du, seit ewigen Zeiten liegen meine Tagebücher im Schrank, die hat Reiner schon mit geheiratet, es interessiert ihn nicht wirklich", konnte ihn Cosima beruhigen. „Und keiner weiß, dass ich wieder etwas aufschreibe, außer mir und Dir!"

Später dann, als sie es sich zum Feierabend wieder auf einer Futterpalette gemütlich gemacht hatten, dachte Robert noch mal über Cosimas Einträge nach.

„Ich war wohl weder so gut noch so schlecht, wie Du das empfunden hast", dachte er über sich selbst nach. „Die Wahrheit liegt mit Sicherheit irgendwo in der Mitte.

Oder ist es Sympathie für den Teufel?" fragte Robert.

Cosima lag in seinen Armen und er erschien ihr jetzt mehr als ein Engel denn ein Teufel. Trotzdem konnte sie den Gedanken nicht von der Hand weisen.

„Manchmal glaube ich, es ist alles nur ein Traum", sagte sie nachdenklich.

Robert kniff sie zärtlich. „Beweis genug?" grinste er auf Cosimas leisen Aufschrei.

Nein, sie träumten nicht. Sie erfüllten alle ihre sehnsüchtigen Träume mit Leben.

Sie redeten miteinander, wie sie noch nie miteinander gesprochen hatten.

Offen sagte Cosima: „Irgendwie habe ich gar kein schlechtes Gewissen gegenüber Reiner."

„Ich auch nicht", stellte Robert fest.

Cosima hatte einen Einwand: „Gegenüber Deiner Frau aber schon."

Robert protestierte: „Lass uns bitte das Thema wechseln!"

Doch Cosima musste trotzdem manchmal an Elke denken. Roberts Frau war Cosima und Marie oft wie eine Verbündete erschienen. Robert hatte auch sie manchmal sehr unfreundlich behandelt. Und die beiden Kolleginnen hatten ihr dann am Telefon erzählt, wie Roberts Stimmung war, so dass sie selbst entscheiden konnte, ob sie ihn sprechen wollte oder nicht. Jetzt war alles anders.

Robert und Cosima wussten genau, dass sie vorsichtig sein mussten. Sie dachten immer wieder an ihren ersten Kuss und an die Reaktion von Marie danach.

„Sie sah damals so erschrocken aus, als hätte ich Dich gerade vergewaltigt oder verprügelt", meinte Robert.

„Was meinst Du", fragte Robert, „ob ich Marie auch das Du anbiete? Dann fallen wir beide nicht so auf und es ist wohl auch an der Zeit dafür."

Er hielt es für die perfekte Tarnung.

Robert hatte Cosima die Ruhe geraubt. Wo noch vor kurzem alles klar und einfach schien, war nun jeder Tag voller Aufregung. Doch sie konnte sich das Leben schon nicht mehr ohne diese herrliche Aufregung vorstellen. Schon beim Aufstehen am Morgen sehnte sie sich nach ihm und abends galt ihm ihr letzter Gedanke.

Während der Arbeitszeit wollten sie eigentlich auf Zärtlichkeiten verzichten. Zu verräterisch hätte das werden können und außerdem mussten sie ja auch noch vernünftig denken. Aber manchmal ergaben sich Gelegenheiten, denen sie beide nicht widerstehen konnten. Kaum waren sie einmal im Archiv allein, lagen sie sich auch schon in den Armen und küssten sich. Und wenn es dann endlich Feierabend war, dann genossen sie die Augenblicke der Zweisamkeit mit einer ungeahnten Intensität. Robert deckte Cosima förmlich mit seinem ganzen Körper, der doppelt so viel wog wie sie und der sie hätte zerdrücken können, zu. Sie genoss seine Zärtlichkeiten und während sie Luft holten, stellte sie fest: „Es klingt bescheuert, aber ich fühle mich wohl!"

Es war lange her, dass Cosima so tief empfunden hatte; noch nie hatte sie sich jemandem so bedingungslos ausgeliefert. Er küsste ihre Augen, ihre Nase, ihre Finger und Cosima spürte seine Zuneigung und ihr Glück war so unendlich groß!

Sie erinnerte sich daran, dass es vor Jahren ein Rundschreiben in der Firma gab, in dem es um sexuelle Belästigung am Arbeitsplatz ging. Es gab eine allgemeine Lästerei unter den Kollegen, doch Cosima hatte damals schon gedacht: Ach, wenn er es nur tun würde!

Nun tat er es und Cosima wusste genau, was er wollte, wenn er sagte: „Wir müssen wieder einmal nach den Käfern im Roggen sehen!"

Robert schaltete das Licht in der Getreidehalle aus und dann standen sie da, wie Wochen vorher, allein in einer dunklen Getreidehalle, an einer staubigen Treppe, pressten ihre Körper aneinander und schlugen mit den Zähnen zusammen, so heftig küssten sie sich. Cosima bebte vor Erregung. Es waren nur fünf Minuten voller Zärtlichkeit, doch sie wussten, es musste reichen für ein ganzes Wochenende.

Am Montag brachte ein Anruf kurz nach dem Frühstück die Welt durcheinander. Auf einer Baustelle war einer der LKW beim Abkippen umgestürzt. Fassungslos und mit offenem Mund stand Cosima neben Robert.

„Ist jemandem was passiert?" hörte sie ihn fragen.

„Gott sei Dank! Ich komme!" Und schon war Robert ins Auto gesprungen und zur Tür raus.

Cosima musste sich zwingen, weiter zu arbeiten. Viel zu sehr waren ihre Gedanken bei Robert, aber auch bei den Kollegen. Es waren zwei junge Praktikanten gewesen, denen das Unglück passiert war. Wie hatte Robert reagiert? Am

Telefon klang er ruhig und gefasst, als er anrief und sie bat, ihm den großen Werkzeugkoffer zu bringen. Auch als sie auf der Baustelle ankam, schien er die Ruhe in Person zu sein und er lächelte sogar, als er sie sah.

„Wir haben solches Glück gehabt, dass da keiner drunter liegt", konstatierte er und zeigte Cosima den ungefähren Hergang des Unfalls. Zu ändern war es sowieso nicht mehr, jetzt galt es, den LKW und den Sattelanhänger zu bergen. Den Rest würden Gutachter und die Versicherung klären.

Im Büro standen die beiden Praktikanten noch unter Schock und waren doch so erleichtert: „Das ist ein wirklich toller Chef!"

Oh ja, da habt Ihr Recht, dachte Cosima nur.

Am nächsten Tag war der erste Schock überwunden. Am Nachmittag setzte sich Cosima neben Robert auf die Kante der Schrankwand. Sie kuschelten sich aneinander.

„Wo soll das noch hinführen?" fragte Robert grinsend. „Sonst haben wir es wenigstens bis 5

Uhr ausgehalten, jetzt fängt es schon um 3 Uhr an!"

Doch schließlich mussten sie doch noch arbeiten, ehe Robert die Fahrer der beiden verbliebenen LKWs anrief.

„Wie lange bleibt uns?" fragte Cosima.

„Nur 10 Minuten. Hast Du abgeschlossen?"

Ehe Cosima antworten konnte, lag sie schon in Roberts Armen. Sie küssten sich ununterbrochen. Ihr Herz raste.

Sie spürte, dass sie ihm inzwischen total verfallen war. Ohne ihn war sie nur ein halber Mensch. Wenn er nicht da war, fühlte sie sich wie amputiert. Ein Teil von ihr fehlte. Wenn es den ganzen Tag über gar keine Gelegenheit für Zärtlichkeiten gegeben hatte, dann konnte sie direkt depressiv werden. Robert versuchte sie dann zu trösten. Er rief sie immer noch an jedem Abend an und beruhigte sie mit der Aussicht auf die nächsten sieben Jahre. Doch was war ein Moment mit ihm gegen sieben ungewisse Jahre! Cosima lebte nur von einem Tag bis zum nächsten. Und wenn es

Robert schaffte, wenigstens einmal am Tag mit ihr allein zu sein und sie zu küssen, dann war es kein verlorener Tag.

Am Freitag Nachmittag saß Cosima wieder bei Robert auf der Schrankwand, als Robert sie mit seiner Idee konfrontierte, die Büros umzuräumen. Schon einmal hatte er diesen Einfall gehabt, damals hatte sich Cosima erfolgreich dagegen gewehrt. Auch jetzt war sie davon nicht begeistert. Sie hätte es Robert so gerne Recht gemacht, doch gerade jetzt konnte sie es nicht.

„Was ist", fragte Robert „warum bist Du so dagegen?"

Plötzlich war Cosima die Kehle wie zugeschnürt. Sie wusste selbst nicht, was mit ihr los war. Sie brachte einfach kein Wort über ihre Lippen. Sie hätte ihm sagen können, dass sie Angst hatte, dass es Probleme mit den Computern und dem Drucker geben könnte. Sie hätte sagen können, dass sie seine Ungeduld fürchtete, wenn es Probleme gab. Sie hätte ihm sagen können, dass sie ihr gut funktionierendes System nicht durcheinander bringen wollte. Sie hätte sagen können, dass sie nicht immer durch zwei Büros laufen wollte, wenn etwas zu wiegen war. Das alles hätte sie sagen können, und vielleicht hätte es Robert verstanden, doch sie konnte es nicht.

Natürlich hätte Robert als Chef sie nun seinerseits zwingen können, doch das wollte er auch nicht.

Zurück blieb eine Spannung zwischen Robert und Cosima, wie seit langem nicht mehr. Cosima kämpfte mit ihrem schlechten Gewissen und eine undefinierbare Angst stieg in ihr auf, dass ihr die Tränen kamen. Was, wenn Robert sie nicht mehr liebte, wenn sie seine Erwartungen nicht erfüllte?

Doch am Abend nahm er ihr diese Angst wieder. Robert ließ keinen Zweifel daran, dass er sie begehrte und verwöhnte sie mit seinen Zärtlichkeiten. Wenn er sagte: „Du musst gehen!", dann wartete er eigentlich nur auf ihren Protest, denn er schob ihr T-Shirt und BH immer weiter nach oben. Dann öffnete er ihre Jeans. Cosima spürte seine streichelnden Hände über ihren Körper gleiten und alles in ihr vibrierte. Nein, sie wollte nicht gehen, sie wollte am liebsten nie gehen.

„Eines Tages", versprach er ihr „holen wir beide einen LKW gemeinsam ab", und tröstete sie mit dieser Aussicht über die Trennung hinweg.

Doch selbst als sie schon längst zu Hause war, fühlte sie noch immer die Intensität seiner Berührungen.

Auch am Samstag kam Robert ins Büro. Wieder saßen Robert und Cosima nebeneinander. Er hielt ihr seine Hand hin und Cosima legte ihr kleine Hand in Roberts große. Es war eine so vertrauensvolle Geste, wie ein Kind mit seinem Vater. So saßen sie dann da, behielten den Eingang im Auge und gaben sich ab und zu einen verstohlenen Kuss. Das Wochenende lag vor ihnen.

Am Sonntag berichte Cosima Reiner von ihrer Meinungsverschiedenheit mit Robert und dass sie sich inzwischen wieder vertragen hatten. Mit keiner Silbe erwähnte sie jedoch, auf welche Weise das geschehen war, und sie hoffte, dass Reiner ihre Gedanken nicht lesen konnte.

„Ach ja", atmete Reiner tief durch, „Du und dein Chef!"

Ja, dachte Cosima, ich und mein geliebter Chef!

Das Zusammensein am Abend war für die beiden zu einem festen Ritual geworden. Sehnsüchtig wartete Cosima jeden Tag darauf, dass es Feierabend wurde. Doch manchmal schien es wie verhext. Den ganzen Tag kam keiner, der sie gestört hätte, doch gerade zum Feierabend platzte jemand dazwischen. Besonders wenn sich Herr Haan angemeldet hatte, war Robert immer ganz unruhig. Ganz sicher hätte die Entdeckung ihrer Beziehung durch ihren Vorgesetzten für beide große Probleme gebracht, die Robert wohl sah. Doch Cosima schob das Nachdenken darüber weit von sich. Aber das Glück war mit den

Glücklichen, das Timing war jedes mal perfekt, erst wenn Cosima vom Hof fuhr, kam Herr Haan.

Schon wenn Robert und Cosima am Nachmittag allein waren, schien es zwischen ihnen zu knistern. An manchen Tagen alberten sie herum oder schmusten im Büro miteinander, immer gerade so an der Grenze des Unverfänglichen. Und wenn sie sich dann so angeheizt hatten, wurde die Zeit nach Feierabend besonders intensiv. Sie entbrannten in einer Leidenschaft, die Cosima nie für möglich gehalten hätte. Wenn sie daran dachte, dass sie acht Wochen zuvor noch vor Robert geflüchtet war, dann erschien ihr alles erst recht wie ein Wunder. In seinen Armen konnte sie Frau und Kind zugleich sein. Sie vergaß alles um sich herum, es war ihr egal, wo sie gerade lagen. Sie bemerkte nicht, wie ungemütlich es eigentlich in der Firma war. Sie schwebte mit Robert zu den Wolken. Dann war Robert der vertrauteste Mensch auf der Welt, wenn er sie küsste und zärtlich streichelte. Da konnte sie mit ihm reden wie mit keinem zweiten.

Wenn sie dann heim fuhr, fühlte sie sich regelrecht betrunken vor lauter Glück. Oft genug musste sie ihr Gesicht erst mit Wasser und Puder wieder salonfähig machen, allzu deutlich waren die Spuren der Leidenschaft. Und wenn Robert sie dann noch einmal anrief, um ihr eine gute Nacht zu wünschen, dann trug sie dieses Glücksgefühl wie auf Flügeln bis zum nächsten Tag.

Der Freitag war der letzte Tag vor Roberts Urlaub. Cosima hatte es lange genug gewusst. Sie fürchtete diesen Tag und konnte doch nichts dagegen tun. Robert hatte es so eingerichtet, dass sie noch eine gemeinsame Fahrt zur LKW-Werkstatt machen konnten. So hatten sie eine Stunde ganz für sich. Robert fragte Cosima mit Vorliebe aus. Und Cosima in ihrer Offenherzigkeit erzählte ihm gerne alles. Das konnte die Familie betreffen oder auch ihre Vergangenheit. Sie wollte keine Geheimnisse vor ihm haben.

„Ich bin eigentlich gar nicht für schnelle Abenteuer zu haben", sagte sie.

„Von schnellem Abenteuer kann ja wohl nicht die Rede sein, so lange, wie wir gebraucht haben", gab Robert zu bedenken.

„Na ja, das schon" erklärte sie weiter, „aber Reiner war bisher der einzige Mann in meinem Leben und wir waren schon verlobt beim ersten mal."

„Und beim zweiten mal wohl schon verheiratet?" spottete Robert. „Ich wundere mich sowieso, dass Du über Deinen Schatten gesprungen bist. Manchmal kommst Du mir katholischer vor als jeder Katholik."

In der Werkstatt übernahm Robert den LKW, Cosima den Transporter und sie kamen kurz nacheinander wieder in der Firma an. Dann hieß es nur noch: Abschließen und Licht aus!

Schon fielen sie sich in die Arme.

„Da bist Du Deinen Prinzipien also untreu geworden, Du kleines Gewohnheitstier!" lästerte Robert.

„Oh, ich habe mich gerade an etwas Neues, Schönes gewöhnt, das ich nicht so schnell wieder ändern möchte!" lachte Cosima und küsste ihn.

Sie versanken in einem Taumel von Zärtlichkeit und Verlangen, der leider viel zu schnell zu Ende ging. Eine große Traurigkeit überkam Cosima bei dem Gedanken an die Trennung. Doch sie versprach ihm, sich zusammen zu reißen. Sie wusste, die Arbeit würde sie total in Anspruch nehmen. Sie wollte ihn, so gut sie konnte, vertreten. Das war schließlich jahrelang die einzige Art gewesen, ihm ihre Liebe zu beweisen.

„Da, fang auf!", rief Robert ihr beim gehen zu. In dem Moment landete ein kleiner Teddybär in ihren Armen. Robert war noch nie ein Freund von großen Geschenken gewesen, umso mehr wusste Cosima diese Geste zu schätzen.

9.

Und in Deinen starken Armen
Spür´ ich Deinen Atem
Warmen Hauch, der Leben schenkt
Und keine Sehnsucht existiert

Nie zuvor hatte Cosima so tief empfunden, was es bedeutete, wenn man sagte: Arbeit versüßt das Leben. Nichts war ihr wichtiger, als Robert zufrieden zu stellen, auch wenn er nicht da war. Und Cosima hatte ihre Kollegen gut im Griff, alles lief seinen gewohnten Gang. Und die einzige, die Robert schmerzlich vermisste, war Cosima selbst. Robert hatte klare Anweisungen hinterlassen und immer wieder stellte sie sich die Frage, wie er wohl gerade entschieden hätte. Am Montag hatte Robert noch einmal angerufen, doch nach diesen Worten fühlte Cosima eine große Leere in sich. Die ließ sich nur füllen, wenn sie in der Firma und ihm so gedanklich nahe war. Jeden Tag verbrachte sie bis in die Abendstunden im Büro und erst wenn auch der letzte LKW auf dem Hof war, konnte sie langsam abschalten.

Am Freitag rief Robert wieder an. Cosima genoss jede Sekunde des kurzen Gesprächs, ihr Herz schlug Purzelbäume und als sich ihr Gesicht in der Fensterscheibe spiegelte, da kam es ihr selber vor, als wäre sie von einem anderen Stern. Völlig entrückt brauchte sie ein paar Minuten, um sich wieder zu fassen.

Cosima zählte die Stunden bis zum Montag und hoffte, Robert würde von der Heimfahrt aus am Samstag noch einmal anrufen. Doch er rief nicht an, er kam! Plötzlich stand er im Büro, grinste wie ein Schuljunge und Cosima konnte sich nur noch in seine Arme werfen. Raum und Zeit wurden nebensächlich, die Sehnsucht existierte nicht mehr. Robert war wieder da! Cosima war so glücklich, ihn endlich wieder zu haben, und noch mehr, dass er sie lobte.

Voller Vorfreude auf den Montag verging das Wochenende wie im Flug.

Dann war endlich der ersehnte Montag da, doch Cosima verzweifelte fast. Marie hatte Urlaub, sie waren allein im Büro, doch Robert hielt Distanz zu ihr, als hätte es die Wochen davor nicht gegeben. Noch vor zwei Tagen war alles wunderschön gewesen. Und nun fragte sie sich, was nur passiert sei. Was hatte sie getan, Womit hatte sie seinen Zorn auf sich gezogen? Sie konnte es sich nicht erklären. Sie liebte Robert und litt entsetzlich unter der Situation. Am Nachmittag zu Hause brach sie in Tränen aus. Tiefe Selbstzweifel quälten sie.

Am nächsten Tag hielt sie es nicht mehr aus. Sie fühlte sich inzwischen wie der letzte Dreck und das wollte sie nicht sein. Sie nahm allen Mut zusammen und fragte Robert nach dem Grund seines Verhaltens. Seine Erklärung klang logisch, machte es aber auch nicht einfacher.

„Ich will alles vermeiden, was Dich vor den anderen hervorhebt, sonst werden wir irgendwann unvorsichtig", begann Robert. „Ich bin hier auch noch der Chef und wir haben eine ganz schön heiße Beziehung. Ich will mit Dir aber noch länger zusammen sein. Sonst hätte ich Dich längst vernascht und das wäre es gewesen. Also lass es uns vernünftig angehen. Wenn mir etwas nicht an Dir gefällt, werde ich es Dir sagen. Es ist alles in grünen Bereich."

Cosima begriff, sie musste sich dem fügen, wenn sie Robert nicht verlieren wollte. Sie hätte vorher wissen müssen, worauf sie sich einließ, doch längst war ihr jede Logik abhanden gekommen. So wollte sie lieber den Tag über leiden, um danach glücklich sein zu können.

Wie zum Beweis seiner Gefühle fiel Robert am Abend regelrecht über sie her. Es waren 20 gestohlene Minuten, denn zu Hause wartete Reiner, der mit dem LKW zufällig in der Nähe war. Doch gerade an diesem Tag konnte Cosima auf keinen Augenblick mit Robert verzichten. Es war wie ein Geschenk. Robert hielt sie fest und küsste sie mit einer Leidenschaft, die sie völlig willenlos werden ließ.

Und auch ein paar Tage später wiederholte sich das Geschehen. Die Distanz zwischen Robert und Cosima war bis auf das Minimum geschrumpft. Robert beherrschte sie inzwischen völlig und Cosima unterwarf sich freiwillig. Er brauchte nur eine Hand, um ihre beiden Handgelenke fest über den Kopf gestreckt zu halten. Das Gewicht seines Körpers wirkte wie ein Schraubstock. Sie war bewegungslos unter ihm gefangen. Und sie genoss ihre Unterlegenheit. Sie wollte von ihm beherrscht werden. Ihr Körper bebte, als er ihr erst die Bluse und dann die Jeans öffnete. Seine Leidenschaft war himmlisch und teuflisch zugleich, mal fast schmerzhaft und dann wieder unendlich zärtlich.

„Frierst Du eigentlich nicht?" fragte er mit Blick auf Ihre in Unordnung geratene Bekleidung.

Der Sommer war kühl in diesem Jahr, doch hier drinnen schien für Cosima die Sonne.

„Wenn Du mich wärmst, friere ich nicht", sagte sie. „Gefroren habe ich zu ganz anderen Zeiten!"

In ihr brannte längst ein Feuer, das nicht mehr zu löschen war.

Die folgende Woche war ebenfalls wunderschön. Nichts erinnerte mehr an die Stimmung nach Roberts Urlaub. Zärtlich berührte er Cosima im Büro, umarmte sie, sobald sich eine unbeobachtete Gelegenheit bot. Und wenn sich ihre Blicke begegneten, dann blitzten seine Augen. Cosima war sich fast sicher, dass ihr jeder das Glück ansehen musste.

Eine arbeitsreiche Zeit begann im August mit der Auslagerung von Getreide. Cosima war nun viel länger als üblich in der Firma, denn zum normalen Büroschluss war die Abfertigung der LKWs noch nicht zu Ende. Robert befürchtete, dass ihr die Arbeit zu viel werden könnte. Doch Cosima merkte gar nicht, wie viel sie arbeitete. Sie war viel zu glücklich, bei Robert sein zu dürfen.

„Bitte schicke mich nicht weg", bat sie ihn.

„Aber Du sagst, wenn es Dir zu viel wird, oder Du mal einkaufen gehen musst", warf Robert ein.

Cosima versprach es. Sie hoffte natürlich, auch den Feierabend ab und zu mit Robert verbringen zu können. Viel Gelegenheit dazu gab es nicht. Immer waren noch Kollegen da, die mit den Vorbereitungen für den nächsten Tag beschäftigt waren. Doch ganz ohne Zärtlichkeiten wollten sie sich nicht trennen und sie verkrochen sich für ein paar Küsse in einen der Vorratsräume. Aber manchmal suchte zum dritten mal einer den Chef und dann wurde es selbst den beiden zu stressig.

An manchen Tagen gab es dann doch noch ruhige Minuten. Dann versank Cosima in Roberts Armen und es gab nichts schöneres für sie auf der Welt. Mit geschlossenen Augen lag sie da. Sie pressten ihre Körper aneinander und spürten, wie sie sich begehrten. Roberts Küsse waren sanft und heftig zugleich und stillten die Sehnsucht des Tages. Cosima wusste, es war Wahnsinn, was sie da taten und ihr Verstand hätte eigentlich um Hilfe rufen müssen. Doch der Verstand war längst ausgeschaltet und der Wahnsinn war das Schönste, was sie je erlebt hatte.

An manchem Morgen war Cosima noch vor Robert in der Firma.

„Sei mir nicht böse, dass ich eher gekommen bin", bat sie ihn dann. Robert nahm sie einfach in die Arme.

„Ach Du!" sagte er nur und das war so voller Vertrautheit, dass weiter keine Worte nötig waren.

Die Tage waren voll von Arbeit und doch nicht so voll, dass es in den kleinen Pausen nicht noch Zeit füreinander gegeben hätte. Jede Geste, jedes Wort war so voller Zuneigung. Und wenn sie abends mit der Arbeit fertig waren, waren sie zufrieden mit sich und der Welt. Sie hielten sich in den Armen und dachten dann nicht einmal daran, dass sie mitten im Büro standen.

„Wir haben eigentlich ganz schön Stress", meinte Robert. „Aber der Adrenalinspiegel geht so schön hoch!"

Cosima flüsterte: „Aber jeder Augenblick ist es wert!"

So war es wirklich. Wie bedeutungslos wurden 10 Stunden Warten gegen 10 Minuten Glück?

Sie genossen jeden Moment wie er sich bot. Robert hielt Cosimas Hände und begann an ihren Fingern abzuzählen: „Sie liebt mich, sie liebt mich nicht…" Da nahm Cosima seine Hände: „Ja, sie liebt Dich!" Mehr Worte brauchte es nicht. Sie spürte seine Nähe. Solange sie beieinander waren, gab es keine Sehnsucht.

„Und jetzt gehe ich einkaufen", sagte Cosima lachend und fuhr glücklich vom Hof. Doch kaum hatte sie den Einkaufsmarkt erreicht, da piepste schon ihr Handy und Robert wollte sie nur noch einmal hören, nichts weiter und doch so viel.

Gab es zum Feierabend keine Möglichkeit für Zeit zu zweit, weil sie nicht allein waren, dann sagte Robert nur: „Wir hören noch voneinander." War die Luft rein, fuhr Cosima später noch einmal in die Firma. Sie war inzwischen regelrecht süchtig. Ihr Droge hieß Robert und sie war total abhängig von ihm. Ohne die gewisse Dosis hatte sie Entzugserscheinungen.

Oft genug fragte sich Cosima, was da eigentlich passiert war mit ihnen und wie lange das gut gehen konnte. Sie hatte sich ein astrologisches Buch gekauft. Sie waren beide im gleichen Sternzeichen geboren und ein Satz erschreckte Cosima, in dem stand, dass eine solche Beziehung Himmel oder Hölle sein könne. Sie wusste, dass sie keine einfachen Partner waren, das hatte sich ja in der Vergangenheit zur Genüge gezeigt. Doch jetzt war es wunderschön und weiter wollte sie nicht denken.

Sie liebte Robert, mehr denn je, seit sie wusste, dass unter der rauen Schale ein weicher Kern war. Für sie war er trotzdem weiterhin der Herr über Gut und Böse. Seine Macht faszinierte sie. Und wenn er sie wieder bis zur Bewegungslosigkeit fest hielt und küsste, dann war das der krönende Abschluss des Tages.

In manchen Momenten verriet Cosima mehr von ihren Gefühlen als gut war. Als sie in einem Gespräch mit einem LKW-Fahrer bekundete, es gäbe schlimmeres als arbeitslos zu werden, da sah der sie verständnislos an. Doch Cosima spürte genau, viel schlimmer wäre ein Leben ohne Robert. Eine unerklärliche Verlustangst ergriff von ihr Besitz. Erst am Abend kam ihr seelisches Gleichgewicht wieder, als sie und Robert für eine halbe Stunde dem Alltag entflohen.

Manchmal verstand sich Cosima selbst nicht. Eigentlich hatte sie es doch gut. Sie hatte eine nette Familie, arbeitete jeden Tag mit ihrem geliebten Robert zusammen. Er war in unbeobachteten Momenten zärtlich zu ihr und sie telefonierten jeden Abend. Dennoch fühlte sie sich oft irgendwie himmelhoch jauchzend und zu Tode betrübt. Am Nachmittag alleine zu Hause brach sie regelmäßig in Tränen aus. Erst wenn Robert angerufen hatte, ging es ihr wieder besser.

Nun war es schon ein Vierteljahr her, dass Robert zum Du mit ihr über gegangen war und vor 10 Wochen hatten sie sich das erste mal geküsst. Wenn sie Robert mit sanfter Gewalt in einen abgelegenen Raum drängte und voller heftigem

Verlangen küsste, dann fühlte sich Cosima reich beschenkt und ihre Welt schien rosarot und himmelblau zu sein.

Jede Zeit mit Robert allein schien für Cosima eine Gabe des Himmels zu sein. Wenn er sie kitzelte, dann dachte sie an den Abend im Mai, als er sie auch gekitzelt hatte. Wie sich doch alles verändert hatte in gerade mal einem Vierteljahr! Jetzt wünschte sie, er möge nie aufhören. Sie konnte einfach nicht genug von ihm bekommen. Und Robert gab ihr, was sie brauchte. Sie lebten ihre Gefühle einfach aus, ohne an Morgen zu denken.

Und dann wieder gab es Momente, da kamen die Zweifel. Wenn es dienstliche Probleme gab, wäre es das Normalste von der Welt gewesen, sofort Robert anzurufen. Doch Cosima lief von einem Raum in den nächsten und wieder zurück ohne etwas zu tun. Sie hoffte, Robert würde kommen, dann würde sie ihn fragen. Sie schlich um das Telefon herum, wie die Katze um den heißen Brei, bis sie sich endlich entschließen konnte, ihn anzurufen. Diese unerklärliche Verlustangst war einfach wieder da und ergriff von ihr Besitz. Sie fürchtete, mit einer unangenehmen Nachricht seinen Zorn auf sich zu ziehen. Er war eben der Chef.

Aber wenn er sie nach Feierabend zu sich rief, dann wurde wie durch einen geheimen Zauber aus dem Chef wieder ihr geliebter Robert. Dann erlag sie diesem Rausch der Sinne. Da war kein Millimeter zwischen den beiden. Robert war wieder der vertrauteste Mensch der Welt und sie konnte mit ihm über alles reden. Wenn seine Augen kleine Blitze zu ihr schickten, dann trafen diese sie mitten ins Herz.

Doch an hektischen Tagen konnte es passieren, dass Robert Cosima keines Blickes würdigte. Ihr Verstand konnte ihn verstehen, aber ihr Gefühl begriff es nicht. Wenigstens war es Robert, der sie mit seinem Anruf am Abend zurück in die Welt holte. Wenn sie ihn dann hörte: „Ich wollte Dir nur sagen, ich mag Dich trotzdem", dann hielt sie das Telefon noch fest, wenn er schon längst aufgelegt hatte.

Ihr war es doch so egal, ob er wütend war, oder ob sie sogar manchmal wieder Angst hatte. Sie liebte ihn bedingungslos.

Und wenn Robert sie spontan umarmte oder eine Ausrede erfand, um mit Cosima allein zu sein, dann war alles andere bedeutungslos. Wenn sie ihm dann von ihren Tränen erzählte, schüttelte er den Kopf.

„Wenn Du da schon weinst, wie soll das noch enden?"

Cosima protestierte sofort.

"Na, überhaupt nicht, ich will nicht, dass es zu Ende geht!"

Sie küssten sich, als gäbe es kein Morgen mehr. Sie versank in seiner Zärtlichkeit und wünschte nur eins, dass es ewig so schön bleiben sollte.

10.

Und tausend Töne, tausend Farben
Auf meinem Fallen mich begleiten
Und tausend Schmerzen mir bereiten

Die Katastrophe begann am Donnerstag Nachmittag mit einem Anruf aus Hamburg. Der Tag war bisher ruhig verlaufen, als das Telefon klingelte und ein Mitarbeiter des Silos im Hamburger Hafen am Apparat war:

„Wir bekommen von Ihnen Gerste angeliefert."

Es folgte die Nummer der Partie und Cosima fragte, ob es damit Probleme gäbe. Noch konnte sie sich keins vorstellen. Was dann kam, war ein Albtraum, aus dem es kein Erwachen gab. Das Getreide hätte noch gar nicht verladen werden dürfen. Krampfhaft hielt sie den Telefonhörer fest und suchte nach einer Erklärung. Hatte sie den Fehler gemacht, war sie verantwortlich? Der Boden unter ihren Füßen schien nachzugeben.

Langsam bemerkte Robert die Vorgänge am Telefon und kam zu ihr. Cosima stellte den

Lautsprecher an, dass er mithören konnte. Als sie aufgelegt hatte, sagte Robert nur: „Und nun?" Cosima war einem Zusammenbruch nahe. Sie fiel ins Bodenlose.

Robert brauchte nur kurz, um sich zu sammeln. Doch Cosima war zu keinem klaren Gedanken mehr fähig. Wie durch einen Nebel sah und hörte sie, wie Robert wieder und wieder telefonierte, ohne zu begreifen, was er eigentlich tat. Sie reagierte nur noch mechanisch. Als der nächste LKW auf der Waage stand, war sie nicht fähig, ihn abzufertigen. Sie hatte völlig die Nerven verloren.

Dann hockte sie, wie so oft in letzter Zeit, in Roberts Büro. Doch nichts war mehr wie früher. Tränen liefen ihr über das Gesicht.

Robert rechnete die Schadenersatzforderung aus, mit der sie möglicherweise rechnen mussten.

Cosima wusste schlagartig, dass sie viel mehr verloren hatte, als sich in Geld ausrechnen ließ. Das war der Moment, den sie als schreckliche

Vision manchmal vor Augen gehabt hatte. Jetzt wurde sie grausame Wirklichkeit.

Sie hatte versagt. Robert hatte sich auf sie verlassen und sie hatte ihn enttäuscht, das war es, was sie verstand. Ihr war nur zu klar, dass sie damit sein Vertrauen und die Liebe ihres Lebens verloren hatte. Ihr Magen krampfte sich zusammen, die Schmetterlinge starben qualvoll. Sie hatte große Angst und konnte nur noch weinen.

Robert blieb die ganze Zeit über völlig ruhig. Er schrie nicht, er tobte nicht, obwohl Cosima ständig damit rechnete. Irgendwann berührte er sie noch einmal. Es war ein sanftes Streicheln, sie nahm es wahr, aber es konnte sie nicht trösten. So gerne hätte sie sich in seine starken Arme flüchten mögen, aber sie wagte es nicht mehr. Der Chef redete mit ihr, aber sie konnte nicht antworten. Ihre Kehle war wie zugeschnürt, ihr fehlte sogar die Luft zum Atmen.

Zwischendurch ging Robert zu den Kollegen, denn es war klar, dass erst einmal keine Getreide weiter verladen werden durfte.

Cosima blieb im Büro zurück und weinte immer noch.

Längst war es Feierabend geworden, doch an nach Hause gehen war nicht zu denken. Robert fragte sie nicht, ob sie noch bleibe, er ordnete es auch nicht an, er setzte es einfach voraus. Und Cosima gehorchte auch ohne Befehl. Er diktierte ihr einige Stichworte und forderte sie auf, eine Aktennotiz über den Vorgang zu schreiben. Dann fuhr er nach Hause zum Abendessen. Es traf Cosima bis ins Herz. Verlassener konnte man sich gar nicht fühlen. Vor Cosimas Augen verschwammen die Buchstaben.

Einer ihrer Kollegen kam ins Büro. „Gibt er Dir die Schuld?" fragte er sie. „Nein." Cosima schüttelte den Kopf. Das tat Robert ja gar nicht. Er machte ihr keine offenen Vorwürfe. Doch unterschwellig spürte sie den Vorwurf und in ihrem Inneren wusste sie, dass er Recht hatte.

Damit musste sie nun leben. Doch Cosima wusste auch, dass Robert sie bestrafen würde. Und sie ahnte, wie seine Konsequenzen aussehen würden. Seine von ihr so geliebte Macht verkehrte sich nun völlig ins Gegenteil. Er wusste genau, dass es keine schlimmere Strafe für sie gab, als den Entzug seiner Liebe.

Als Robert zurück kam, fertigte er sie mit einem kurzen „Tschüss!" ab. Und Cosima schaffte es kaum, sicher nach Hause zu fahren.

Dort angekommen, fiel der letzte Rest Beherrschung von ihr ab. Sie weinte nicht mehr, sie schrie laut vor Verzweiflung. So fand sie Tim, der gerade sein Auto aus der Werkstatt abgeholt hatte und kurz vorbei kam. Nie hatte Cosima ihren Kindern einen solchen Anblick zumuten mögen, doch jetzt war sie froh, dass Tim da war.

„Was ist passiert, Mama?" fragte er mitfühlend.

Cosima musste eine Weile schlucken, ehe sie zu einer Antwort fähig war.

„Ach Tim, ich habe nicht aufgepasst und einen schlimmen Fehler gemacht und nun …" Sie konnte nicht weiter sprechen. „… und nun ist der Chef sauer", vollendete Tim den Satz. Beschützend legte der Junge seinen Arm um die Schultern seiner Mutter. Sie hatte immer zu ihm gehalten. Jetzt gab er ihr an Liebe, Vertrauen und Einfühlungsvermögen zurück, was er nur konnte.

Später rief Cosima Marie an. Ihre Kollegin würde morgen doch alles erfahren. Doch was sie am meisten quälte, das konnte sie ihr nicht sagen.

In der Nacht fiel sie erst spät in einen unruhigen Schlaf. In einem Albtraum sah sie sich und Robert, sah, wie er sie schlug, spürte körperlich den Schmerz, und fühlte dennoch, wie er sie liebte. Und dann erwachte sie in Tränen aufgelöst, zerrissen zwischen Hoffnung und Hoffnungslosigkeit. Und sie ahnte, dass ihr viel stärkere Schmerzen bevor standen.

Als Cosima am nächsten Morgen zur Arbeit ging, konnte sie sich noch immer nicht beruhigen. Immer wieder liefen ihr die Tränen über die Wangen. Dann kam ein Fax. Es war eine erlösende Nachricht und es schien, als würde wenigstens die Firma mit einem blauen Auge davon kommen. Für sich selbst hatte Cosima längst die Hoffnung aufgegeben.

Am Nachmittag wagte sie Robert zu fragen, ob sie noch Freunde seien. Und er antwortete: „Ich glaube, wir kriegen das wieder hin. Aber lass uns erst mal diese rabenschwarzen Tage überstehen."

Es hätte sie trösten können, doch sie fühlte sich so verzweifelt, dass sie weder an Trost noch an Hoffnung mehr glauben konnte. Es tat so weh, an Robert zu denken. Und sie musste ständig an ihn denken. Wieder fuhr er zum Abendessen nach Hause, wieder blieb sie ohne weitere Aufforderung im Büro. Wieder hatte er danach nur einen kurzen Gruß für sie übrig. Alle seine Gefühle für sie schienen gestorben zu sein.

Zum ersten mal kam ihr der Gedanke: Wozu lebe ich noch?

Am Wochenende berichtete Cosima Ihrem Mann in groben Zügen, was passiert war. Reiner war klar, dass Robert bei einem solchen Fehler entsprechend reagierte. Er wusste, dass Cosima jetzt unter der Situation litt, doch er wusste nicht, wie sehr. Reiner ließ sie weinen, wenn es nicht mehr anders ging und er lenkte sie ab, wenn es etwas besser wurde.

Und dann brachte sie es fertig, das unfassbare in Worte zu fassen. *„Sturzflug"* nannte sie ihr Gedicht, denn genau so empfand sie ihre Situation. Weit oben hatte sie geschwebt und war tief gefallen. Den Himmel hatte sie kennen gelernt. Nun ahnte sie, dass die Hölle auf sie zu kam.

Wenn sie im Büro Blickkontakt zu Robert suchte, kam nichts zurück. Im nächsten Moment schossen ihr wieder die Tränen in die Augen. Sie sehnte sich so nach ihm. Es waren die Qualen eines kalten Entzuges, wie bei einem Junkie. Immer wieder versuchte sie, mit Robert Tuchfühlung aufzunehmen. Sie saßen beim Frühstück nebeneinander und sie wollte ihn berühren. Sie wollte mit ihm reden, doch sie konnte nur weinen. Und Robert reagierte so kalt. „Wenn das so weiter geht, kannst Du alleine frühstücken", waren seine Worte und sie trafen Cosima ins Mark.

Weil sie nicht mit ihm reden konnte, schrieb Cosima einen Brief. Sie steckte ihn in die Hosentasche, in die andere ihr Gedicht. Eines davon wollte sie ihm geben. Am nächsten Morgen nahm sie seine Hand und stellte erfreut fest, dass er ihren Händedruck erwiderte. Sie wollte ihn gar nicht wieder loslassen.

„Na, wir sehen uns doch noch!" sagte er, und das klang so, wie Cosima es fühlte.

„Das ist auch mein einziger Trost", erwiderte sie. „Meiner auch", sagte Robert leise.

„Wirklich?" wollte Cosima wissen.

Robert nickte: „Ja. Lass mir einfach ein bisschen Zeit. In vier Wochen ist Rübenernte, da machen wir mal wieder ein Date."

Cosima griff in ihre Hosentasche und gab Robert das Gedicht. Es war ihr Hilferuf an ihn, aber weniger direkt als der Brief. Sie hoffte, er würde sie verstehen.

Mit dieser Hoffnung hielt sie ein paar Stunden ohne Tränen durch. Und als Robert sie am Abend anrief, um ihr für den folgenden Tag etwas mitzuteilen, da war das wie ein kleines bisschen Glück, wenigstens seine Stimme zu hören.

Doch schon der nächste Tag machte alle aufkeimenden Hoffnungen zunichte. Nun duften wieder LKW verladen werden und eigentlich lief alles ohne Probleme. Cosima fühlte sich gut, so gut, dass sie in eine gewisse Routine verfiel und prompt den nächsten Fehler beging. Unter anderen Umständen eine Bagatelle, war das jedoch der berühmte Punkt auf dem I, der Tropfen, der das Fass zum überlaufen bringt. Hatte Robert bisher absolut die Ruhe bewahrt, jetzt rastete er aus. Seit dem Morgen im Februar hatte er Cosima nicht mehr angebrüllt. Jetzt ergoss sich sein wütender Redeschwall über sie und ließ sie wie den Hasen vor der Schlange erstarren.

„Sprich endlich mit mir!" schrie Robert.

Wie gerne hätte Cosima mit ihm gesprochen. Er war doch ihr Robert und sie liebte ihn immer noch. Aber es ging einfach nicht, sie bekam kein Wort heraus.

Cosima saß stumm da und heulte, ohne wieder aufhören zu können. Ein Weinkrampf folgte dem nächsten. Sie konnte nichts essen, keinen Kaffee trinken, sie weinte nur ununterbrochen. Jetzt war alles aus. Wenn es gestern noch so aussah, als könnten sie sich wieder einander annähern, heute war alles kaputt gegangen, durch ihre eigene Schuld. Nun würde ihr Robert nie mehr verzeihen. Es war vorbei. Der Schmerz übermannte sie regelrecht. Es war ihr egal, wer ins Büro kam, sie hatte keine Kraft mehr, sich zu beherrschen. Sie hatte keine Kraft mehr, zu arbeiten. Längst hatte Marie ihre Aufgabe übernommen.

Nun sagte Robert zu ihr: „Geh nach Hause, es reicht!"

Cosima begriff nur eins, Robert schickte sie weg. Blind vor Tränen stieg sie ins Auto. Auch wenn sie es nicht glauben wollte, es war wohl so, es war zu Ende.

Als sie später in der Badewanne saß, fiel ihr Blick auf den Haartrockner. Es könnte wirklich zu Ende sein, dachte sie, wenn ich ihn jetzt in die Wanne werfe. Doch irgendwie fehlte ihr dafür der Mut oder sie war in ihrer tiefsten Seele noch nicht mutlos genug. Denn eigentlich wollte sie nicht unglücklich sterben. Die Tränen liefen ihr in Bächen über die Wangen. Eigentlich wollte sie leben.

11.

Und alt und müde weine ich

In Träumen, die kein morgen kennen

Einmal, als Cosima und Robert am Abend zusammen saßen und redeten, da sagte Robert, dass es ganz sicher irgendwann mal wieder einen großen Zoff zwischen ihnen geben würde. Doch damals wollte Cosima das nicht wahrhaben. Viel zu schön war die Liebe zwischen ihnen gewesen, als dass sie über so etwas hätte nachdenken wollen.

Auch jetzt wollte sie sich ja gar nicht mit Robert streiten. Lieber heute als morgen wollte sie wieder mit ihm zusammen sein. Doch Robert hatte seine Entscheidung getroffen. Cosima fühlte sich fallen gelassen wie die sprichwörtliche heiße Kartoffel.

Ihr Zusammenleben gestaltete sich wie in den schlimmsten Phasen ihrer Vergangenheit. Robert redete nur das nötigste mit Cosima und wenn sie allein waren, dann gar nicht mehr. Lange hatte sie den Feierabend und das Wochenende nicht so herbei gesehnt.

Als Reiner am Samstag kam, fiel ihm Cosima heulend in die Arme. „Hat er Dich voll gemeckert?" fragte er.

Cosima schüttelte den Kopf. „Aber ignorieren kann genau so schlimm sein."

Reiner kannte Robert gut genug, um das zu verstehen.

„Du weißt doch, wie er ist, Du kennst ihn doch. Das wird schon wieder. Er braucht eben seine Zeit", tröste Reiner sie.

Wie sehr wünschte sich Cosima, dass Reiner Recht hätte! Nein, so schnell musste es nicht vorbei gehen. Und außerdem wollte sie doch noch mit Robert arbeiten, wenn das alles war, was ihr blieb.

Einmal hatten sie darüber gesprochen, wie sie mit einer Trennung umgehen wollten. Lachend hatte ihm Cosima versprochen, nicht mit der Kaffeemaschine zu werfen. Jetzt musste sie sich daran halten.

Jeder Tag brachte neue Qualen. Selbst im Büro konnte sie die Tränen nicht zurück halten. Marie versuchte, sie zu trösten, doch sie konnte Cosimas Verzweiflung nicht verstehen. Und Cosima konnte es ihr nicht erklären. Wie gerne hätte sie ihr gesagt, dass alles viel schlimmer war, als sie dachte, doch sie durfte es nicht. So gerne sie es auch wollte, sie konnte es Robert nicht antun. Immer war es seine schlimmste Befürchtung gewesen, dass die Kollegen etwas merken könnten. Sie musste also weiter mit ihrem Schmerz allein bleiben.

Dann gab es Tage, da wurde der winzige Funke Hoffnung wieder zum Flämmchen. Cosima gab sich nicht mehr die Mühe, ihre Tränen vor Robert zu verbergen und er bemerkte das natürlich auch. An so einem Nachmittag redete er ständig mit ihr und zwang sie regelrecht zum Antworten. Langsam hörte sie auf zu weinen. Plötzlich legte Robert seine Arme um ihre Schultern. Cosima ergriff seine Hände, sie wollte diesen Moment mit aller Macht festhalten.

„Glaubst Du, dass wir je wieder zusammenkommen?" fragte sie ihn.

„Vielleicht schon…"

So vage die Antwort von Robert auch war, so viel Hoffnung lag auch darin. Nur, warum machte er es ihr dann so schwer? Warum ließ er sie so leiden? Er war da und fehlte ihr doch so! Warum tat er nicht einfach als Chef, was er tun musste? Sie wollte doch alles akzeptieren. Sollte er sie doch abmahnen oder das Gehalt kürzen. Aber Robert war mehr als nur ihr Chef und damit wurde es so kompliziert.

„Kleiner Verbrecher" sagte er zu ihr. Cosima wusste, dass er es genau so sah und sie für ihr Verbrechen bestrafte. Seine Strafe tat weh, so weh, dass sie glaubte, es nicht länger ertragen zu können.

Manchmal hielt Cosima das Alleinsein nach der Arbeit nicht mehr aus und fuhr dann irgendwohin. So kaufte sie eines Tages für Robert zwei lustige Geburtstagskarten, eine für ihr Geschenk, eine für das von den Kollegen. Diese zeigte sie Reiner am Wochenende und in dem Moment lächelte sie.

„Manchmal bist Du schon seltsam", stellte Reiner darauf hin fest. „Er behandelt Dich so, dass Du Rotz und Wasser heulst wegen ihm und Du hast nichts Besseres zu tun, als an seinen Geburtstag zu denken." Wie gut, dass Reiner nicht wusste, dass auch noch eine CD für Robert im Schrank lag.

Oft überlegte Cosima, wie sie Robert milde stimmen könnte. Wenn sie ihm etwas Gutes tat, würde er ihr vielleicht verzeihen, so hoffte sie. Es war eine kindliche Logik, doch sie klammerte sich an jeden Strohhalm. Sie legte ihm eine Bonbonschachtel in den Schreibtisch mit einen „Liebe ist …"-Spruch darauf. Robert reagierte nicht. Sie schrieb noch ein Gedicht für ihn, *„Lebenstraum"* und ließ es ihn im Schreibtisch finden. Der Zettel war am nächsten Tag weg, doch Robert sagte kein Wort. Dann fiel Cosima ein, dass Robert von den Fahrern, wenn es Ärger gab, ein Sechserpack Bier als Wiedergutmachung forderte. Sie kaufte ein richtig gutes Bier und stellte es ihm hin, doch es half nichts.

Als Robert eines Abends anrief und etwas aus der Zeitung suchte, da hoffte sie einen Augenblick, dass es ein Vorwand wäre. Doch bald war ihr klar, dass er seine Zeitung einfach verlegt hatte.

Manchmal glaubte sie, in seinen Augen ein so bekanntes Blitzen zu entdecken, doch die nächste Minute machte die kleinste Hoffnung wieder zunichte.

Sie provozierte Berührungen und Robert ließ sie zu.

„Du fehlst mir so!" sagte sie einmal zu ihm.

Robert hielt sie für einen Augenblick im Arm und antwortete: „Du mir auch."

Doch warum quälte er sie dann so? Cosima konnte ihn nicht verstehen. Sie fiel immer tiefer und war längst in der Hölle angekommen. Sie konnte dem Feuer nicht entfliehen, das immer noch in ihr brannte. Und Robert tat nichts, um ihr zu helfen.

In der Vergangenheit hatte es immer mal wieder solche Phasen gegeben, in denen sich Cosima und Robert gestritten hatten. Sie hatte dann immer durchgehalten und klaglos abgewartet, dass es wieder besser werden würde. Doch damals hatte sie noch nicht das Wissen von heute. Da wusste sie noch nicht, was für ein wunderbarer Mann er sein konnte. Jetzt war Cosima befangen. Und so gelang es ihnen nicht einmal, über ganz normale Dinge auch ganz normal zu reden. Die Missverständnisse wurden fast schon zur Regel.

Wenn Robert am Freitag fragte, ob er sie anrufen konnte, falls es Probleme geben sollte, dann setzte Cosima voraus, dass er doch wissen musste, dass er sie jederzeit anrufen konnte. Robert wollte aber eine genaue Zeit dafür wissen. Doch Cosima konnte ihm nicht vorher sagen, wann es mehr oder weniger störend war, weil sie ja Reiners Pläne nicht kannte.

Als Robert dann am Samstag früh nicht anrief, fuhr Cosima kurz entschlossen in die Firma, um ihn zu fragen, ob er sie vielleicht doch brauchte. Aber das war Robert auch wieder nicht Recht. Und Cosima blitzte ab.

Sie konnte machen, was sie wollte, es war falsch. Dabei wollte sie doch nur mit ihm auskommen, wenigstens dienstlich.

Cosima war verzweifelt. Und als sie so verstört nach Hause kam, wusste Reiner gleich, dass wieder etwas zwischen Cosima und Robert schief gelaufen war.

„Pack die Handtücher ein, wir fahren in die Sauna", sagte er nur. Reiner wusste, dass er Cosima damit eine Freude machen konnte. Seine Frau sollte endlich einmal wieder abschalten und alles hinter sich lassen.

Doch es gelang Cosima nicht. Selbst in der schönen, entspannten Atmosphäre in der Sauna musste sie weinen. Sie war in Gedanken bei den LKW, bei den Zuckerrüben und bei Robert.

Reiner sah sie fragend an. Cosima konnte es ihm nicht erklären. Da war ein Mann, der tat alles für sie, er war so lieb. Und in ihrem Kopf spukte dieser Teufel herum.

Ständig war sie hin und her gerissen zwischen der Sehnsucht, die sie nach Robert hatte, und der Angst, die sie wieder vor ihm hatte. Manchen Tag, wenn er ihr nur „Guten Morgen" sagte, war das schon wie ein Schlag mitten ins Gesicht, so kalt und unnahbar war er.

Wo waren nur seine Gefühle geblieben? Noch vor ein paar Wochen, wenn sie morgens zur Arbeit kam und Robert begegnete, hatte er sie oft gefragt: „Wie geht es Dir?"

Und sie hatte regelmäßig geantwortet: „Wenn Du da bist, geht es mir gut!"

Jetzt kämpfte Cosima ständig mit den Tränen. Und wenn ein Kollege sie so mit verheultem Gesicht sitzen sah, war die erste Frage: „Hat er Dir was getan?"

Nein, er hatte ihr nichts getan, leider. Er verhielt sich korrekt, völlig korrekt und völlig kalt. Cosima war schweißgebadet und fror doch entsetzlich. Noch vor kurzem waren sie sich so nahe gewesen, wie sich zwei Menschen nur sein konnten. Robert musste doch wissen, dass sie ihn immer noch liebte.

Dann stellte sie sich die Frage, ob er sein Wissen nur ausnutzte, um sie zu quälen. Doch das wollte sie auch nicht glauben.

Fast an jedem Abend schrieb sie einen Brief an Robert. Mal bettelte sie um seine Zuneigung, mal war sie wütend, mal traurig, aber immer zu feige, ihm die Briefe zu geben. Doch das Schreiben half ihr, mit den angestauten Emotionen fertig zu werden, die sie zu zerstören drohten.

Inzwischen waren mehr als vier Wochen vergangen. Die Rübenernte war im vollen Gange, doch Robert schien sein Versprechen vergessen zu haben. Zwar normalisierte sich das dienstliche

Verhältnis der beiden ganz langsam wieder, doch von einem „Date" waren sie weit entfernt.

Es war Cosima jahrelang nicht schwer gefallen, ihn zu lieben und mit ihrer Liebe allein zu bleiben. Sie glaubte ja, dass er von allem nichts ahnte. Doch jetzt wusste er genau, was in ihr vorging. Er kannte Cosimas Seelenleben besser als jeder andere und dennoch blieb sie nun wieder mit ihrer Liebe allein.

Wenn sie ihm endlich einmal eine entsprechende Frage stellen konnte, dann wich er aus und vertröstete sie auf ein unbestimmtes Irgendwann. Wieder schrieb sie ein Gedicht. So gerne hätte sie eine Antwort auf ihre Frage gehabt: *„Wann ist Irgendwann?"*, doch längst hatte sie diese Hoffnung aufgegeben.

Selbst wenn Cosima mit Robert zusammen im Auto fuhr, fiel kein einziges persönliches Wort. Im Sommer hatten sie diese Zeit der Zweisamkeit immer genutzt, doch jetzt ließ Robert keine Nähe aufkommen. Cosimas Sehnsucht war so unermesslich, dass sie ihn vorsichtig am Arm berührte. Sie wollte ihn festhalten, so wie früher, doch er reagierte nicht darauf.

Früher, das war nur ein paar Wochen her, doch so unendlich viel lag dazwischen, dass es Cosima vorkam, als wären Jahre vergangen.

Wieder kam ein trauriges Wochenende, wieder traf Reiner eine völlig depressive Frau an. Er wusste, dass es irgendwie mit Robert zu tun hatte und wollte seiner Frau helfen, so gut es ging. In der Woche hatte er eine kleinen Privatbrauerei beliefert und ein paar Flaschen Bier geschenkt bekommen. Er kannte auch Roberts Vorliebe für gutes Bier und gab Cosima zwei Flaschen.

„Nimm sie Deinem Chef mit. Vielleicht bessert sich seine Laune und Du wirst wieder ansprechbar", sagte Reiner.

Cosima glaubte längst nicht mehr an diese Wirkung von Bier, doch sie wollte es nicht unversucht lassen.

Es ging ihr schlecht. Sie schlief nicht gut. Zum Essen musste sie sich zwingen. Oft war ein Würstchen am Mittag im Büro das einzige, was sie den ganzen Tag über zu sich nahm. Nur mit äußerster Kraftanstrengung bewältigte sie überhaupt noch den Alltag. Cosima merkte, wie sie langsam aber sicher vor die Hunde ging. Sie konnte diese ständig getäuschten Erwartungen nicht mehr ertragen.

Und doch stellte sie Robert am Montag früh das Bier hin. Später waren die Flaschen weg, ohne dass er auch nur ein Wort gesprochen hätte. Den ganzen Tag schien er sich vorgenommen zu haben, Cosima erst recht zu ignorieren.

Am Nachmittag wagte es Cosima, Robert anzusprechen. Wenigstens wollte sie ihm die Herkunft der Flaschen erklären. Doch schon die ersten Worte blieben ihr im Halse stecken, denn er ließ sie nicht einmal ausreden.

„Was immer Du damit erreichen willst, es funktioniert nicht!", fuhr Robert sie an. Und noch einen Tonfall schärfer: „Lass es einfach!"

Damit verließ er ohne weiteren Gruß das Büro.

Cosima schossen die Tränen in die Augen. Sie raffte ihre Sachen zusammen und lief fluchtartig nach draußen. Weg, nur weg hier! Und niemals wieder kommen! Von diesem Gedanken getrieben stieg sie ins Auto und raste los…

12.

Und nun wieder auf dem Weg,

Durch Asche, die längst kalt und grau,

Mir heuchelt, es wär´ nie gescheh´n.

„Mama", hörte Cosima eine Stimme. Sie schlug die Augen auf und sah in Tims Gesicht.

„Ich habe Dich gesucht. Du warst nicht zu Hause, da habe ich mir gedacht, dass Du hier bist."

Tim setzte sich neben seine Mutter. Cosima lehnte sich an ihn. In diesem Moment kam es ihr vor, als wäre sie der Teenager und Tim der Erwachsene.

Eben noch hatte sie Zwiesprache mit ihren toten Eltern gehalten, jetzt war die Realität beängstigend und erlösend zugleich.

„Gestern hätte ich beinahe etwas sehr dummes gemacht, aber ich konnte einfach nicht mehr", schüttete sie ihrem Sohn ihr Herz aus.

„Du hast Sorgen, immer noch Ärger auf Arbeit?" Es war eine Frage, aber Tim wusste es auch ohne Antwort.

Doch Cosima wollte jetzt darüber reden und griff den Faden auf.

„Ach Tim, es ist viel schlimmer. Deine alte Mutter hat Liebeskummer, den größten, den ich je hatte."

Jetzt war es raus.

Tim sah sie erstaunt an. „Wer?"

Wer war der Mann, der seine Mutter so weit brachte?

„Mein Chef."

„Verstehe." Tim dachte einen Augenblick nach.

„Komm mit. Jule und ich wollen nachher essen gehen zum Griechen. Ich glaube, Du kannst es brauchen."

Cosima wollte ihrem Sohn nicht widersprechen. Sie hatte selbst dafür keine Kraft mehr und sie wusste, dass Tim Recht hatte. Ihr Sohn war so reif, sie war so hilflos. Widerspruchslos folgte sie ihm.

Während der Fahrt sprudelte es förmlich aus Cosima heraus. So lange hatte sie alles mit sich allein ausmachen müssen. Jetzt konnte sie mit

Tim darüber reden. Vorsichtig versuchte sie ihm zu erklären, was wie und warum so geschehen war. Sie wollte ihn nicht zu sehr belasten und auch nicht in Gewissenskonflikte seinem Vater gegenüber bringen. Doch Cosima war inzwischen klar, dass sie es Reiner über kurz oder lang sowieso beichten musste.

In Tims Wohnung nahm ihr Sohn eine CD aus dem Regal. Sofort erkannte sie das Cover.

„Hier, Du magst doch ILLUMINATE. Nimm sie mit. Diese Musik kann wie Medizin sein. Vielleicht hilft sie Dir."

Das gemeinsame Essen mit Tim und Jule tat Cosima gut. Auch wenn sie nicht viel zu sich nahm, sie aß doch überhaupt etwas und sie spürte wieder Appetit.

Am Abend saß sie im Sessel und hörte die CD von Tim, nicht zum ersten mal, doch zum ersten mal in dieser Stimmung. Die Klänge der Musik schienen sie einzuhüllen. Sie lauschte den Worten, die ihr so aus der Seele zu sprechen schienen.

Etwas in ihr sagte ihr, dass dieser Sänger, der auch Texter und Komponist war, etwas ähnlich trauriges wie sie erlebt haben musste. Cosima fühlte sich verstanden, und sie verstand.

In den letzten Wochen hatte sie Musik nicht mehr ertragen. Das sonst allgegenwärtige Radio blieb stumm. Die Fröhlichkeit der anderen bereitete ihr derartige Schmerzen, dass sie sich das nicht mehr antun konnte. Doch das, was da von ILLUMINATE kam, war anders. Da stand der Tod am Fenster, so gegenwärtig, wie er sie gerade gestreift hatte. Und immer wieder schrie sie es förmlich Robert entgegen: „Oh, verdammt, merkst Du denn nicht…"

In Cosima reifte der Entschluss noch einmal mit Robert zu reden. Es musste einfach sein. Eines Abends wartete sie ab, bis er allein im Büro war. Der Hof lag still und einsam, nur Roberts Auto stand vor der Waage. Sie ging hinein. Robert kam ihr entgegen.

„Was treibt Dich hierher?" fragte er.

„Du", war Cosimas Antwort. „Ich muss mit Dir reden."

In Roberts Büro setzten sie sich gegenüber. Cosima versuchte, sich in der Gewalt zu haben, aber es fiel ihr sehr schwer.

„Was ist nur los mit uns?" begann sie.

„Ich weiß es nicht." Irgendwie klang Robert so ratlos, wie sie sich selber fühlte.

„Ist es vorbei?" Mit Tränen in den Augen fragte Cosima weiter. Sie wollte es jetzt einfach wissen.

„Nein, ich glaube nicht." Es war eine vage Aussage.

„Dann sag mir wann?" Robert wusste genau, was Cosima von ihm wissen wollte.

„Ich kann es Dir nicht sagen. Vielleicht in ein paar Monaten, vielleicht in einem halben Jahr."

Cosima verstand ihn nicht.

„Warum machst Du so was? Erst sind es vier Wochen, nun vielleicht ein halbes Jahr!" Sie begann nun doch zu weinen.

„Du lässt mich einfach fallen! Hast Du mich nur benutzt und jetzt brauchst Du mich nicht mehr?"

Sie wollte, dass Robert ihren Schmerz verstand. Und sie wollte, dass er auch Schmerzen hatte.

„War ich für Dich nur ein Zeitvertreib für den Sommer?"

Endlich antwortete Robert.

„Jetzt wirst Du ungerecht! So ist das nicht und Du weißt das! Wenn ich nur das gewollt hätte, hätte ich ganz anders reagiert."

„Aber was ist passiert?" Es musste doch Gründe für Roberts Verhalten geben.

Seine Antwort machte Cosima betroffen.

„Du hast doch nicht mehr mit mir geredet. Du hast mir doch nicht mehr vertraut. Und wenn Du Dich dann auch noch umbringen willst, ist doch auch keinem gedient."

Irgendwie hatte er von Cosimas Selbstmordabsichten erfahren.

„Ich muss das alles auch erst einmal verarbeiten. Ich bin doch keinen Maschine."

„Aber ich doch auch nicht!" schrie Cosima fast. Genau das war ja ihr Problem. Robert sah immer alles so vernünftig, sie viel mehr gefühlsmäßig.

Sie wäre nicht die erste, die sich aus Liebeskummer tötete. Aber, sie hatte es ja nicht getan. Sie lebte noch. Nein, so war das alles ja gar nicht gewesen. Sie hatte doch nur Angst gehabt, Angst vor allem davor, sein Vertrauen und damit ihn zu verlieren.

Doch nun war es zu spät. Sie konnte Robert seine fest gefasste Meinung nicht mehr ausreden. Die Tränen liefen Cosima über die Wangen. Sie konnte sich nicht mehr beherrschen und sie wollte es auch gar nicht mehr.

Cosima tat, was sie seit Wochen tun wollte. Sie stürzte sich einfach in Roberts Arme. Er hielt sie fest, wie er das so oft getan hatte.

„Ich habe Dich doch so lieb!" schluchzte sie.

Und Robert antworte leise: „Ich Dich doch auch."

Es hätte jetzt so einfach sein können, doch Robert konnte nicht.

„Warum tun wir uns dann so weh?" wollte Cosima wissen.

„Ich kann es Dir nicht sagen. Aber wir können nicht heute im Stroh landen und nächste Woche haben wir uns wieder in der Wolle. Da haben wir auch nichts davon."

Vielleicht hatte Robert ja Recht. Es war zu viel passiert, als dass sie einfach da weiter machen konnten, wo sie aufgehört hatten.

„Ich brauche einfach noch ein bisschen Zeit, um den Kopf frei zu kriegen."

In dem Moment war Cosima klar, sie musste ihm diese Zeit geben, wollte sie ihn nicht ganz verlieren.

Wieder zu Hause versank sie in den Klängen von ILLUMINATE. Längst kannte sie alle Texte der Songs auf der CD auswendig. In einer von Tims Zeitschriften hatte sie gelesen, dass es noch mehr CDs der Band gab, eine ganz neue war gerade erschienen.

Wie gut, dass sie wusste, in welcher Ecke vom Plattenladen ihre Söhne immer kramten, wenn sie gemeinsam einkaufen waren. So machte sich

Cosima auf den Weg zum Einkaufszentrum und wurde fündig. Mit zwei weiteren CDs verließ sie wenig später das Geschäft und fuhr in gespannter Erwartung heimwärts. Und plötzlich merkte sie, dass sie sich wieder auf etwas freuen konnte und wie schön das war. Ein seit Monaten nicht mehr gekanntes Gefühl tröstete sie darüber hinweg, dass das Autoradio noch keinen CD-Player hatte.

Wie symbolisch kamen ihr die Titel der CDs vor, „Letzter Blick zurück" und „Ein neuer Tag". Würde es für sie und Robert einen neuen Tag geben?

Und dann traf sie diese Stimme von der CD mit voller Wucht: „Irgendwann einmal … es werde ein neuer Tag!" Auch sie hatte in ihrem Gedicht dieses „Irgendwann" zum Thema gemacht, doch es endete mit Fragezeichen. Hier war Hoffnung.

Wort für Wort las Cosima die Texte im Cover mit und auf der letzten Seite stieß sie auf eine Adresse.

Cosima zögerte nur kurz, dann begann sie zu schreiben. Sie wollte denen, die diese Musik machten, sagen, wie sie ihr gefiel, was ihr gerade jetzt diese Musik gab. Sie schrieb über ihre Gefühle, breitete ihre Seele aus und öffnete sich diesen Menschen, die sie gar nicht kannte, wo sie nicht einmal wusste, wer ihren Brief lesen würde. Sie hatte das sichere Gefühl, das richtige zu tun.

Schon einmal hatte Cosima an einen Sänger einen Brief geschrieben. Damals war es ein Country-Sänger gewesen, dem sie von ihrem Alltag als Frau eines Truckers berichtete. Doch nach Monaten des Wartens war nur eine nichts sagende Autogrammkarte von irgendeiner Agentur bei ihr gelandet.

„Ich würde mich über eine Antwort freuen." So hatte sie jetzt geschrieben. Doch es war mehr als das, es war eine große Hoffnung, an die sie sich klammerte. Denn andere Hoffnungen erfüllten sich nicht.

Ihre beiden Geburtstage nahten. Cosima hatte für Robert so voller Liebe sein Geschenk ausgesucht, sich so viel Mühe bei der Gestaltung der Verpackung und der Karte gegeben und hoffte, dass er sich freuen würde, wenn er alles morgens auf seinem Schreibtisch finden würde. Doch nichts dergleichen geschah. Cosima fand das Geschenkpapier in Streifen geschnitten im Aktenvernichter wieder und fürchtete, dass die Karte den gleichen Weg gegangen war. Sie fand keine Gelegenheit, ihm zu gratulieren, ihn zu umarmen, wie sie es zu gerne getan hätte.

Aber es gab ja noch ihren Geburtstag. Doch auch da wurde Cosima enttäuscht. Robert gratulierte ihr mehr oder weniger gezwungen und ging zur Tagesordnung über. Es gab kein nettes Wort, keine liebe Geste, dafür Vorwürfe, die Cosima gerade an diesem Tage als sehr ungerecht empfand. Als sich die Situation immer mehr zuspitzte, konnte sie sich nicht mehr beherrschen. Sie warf den Stift, den sie gerade in der Hand hielt, wütend gegen den Monitor und sank heulend hinter ihrem Schreibtisch zusammen. Ihr Lebensmut war wieder auf dem Nullpunkt angekommen.

Keinen Tag zu spät lag ein schlichter weißer Umschlag zu Hause im Briefkasten, ein freundlicher Brief, von einem Menschen aus Fleisch und Blut und, wie sie sofort registrierte, einer Menge Einfühlungsvermögen. Nun erfuhr sie auch, wo ihr Brief angekommen war, beim Fanclub der Band. Und Cosima klopfte das Herz, als sie las, dass ihr Brief von dort auch direkt zur Band weiter geleitet worden war. Und noch etwas ließ ihre Lebensgeister wieder erwachen. Sie hatte ihr Gedicht „Irgendwann" mitgeschickt und nun kam vom anderen Ende die Frage, ob es in der Fanzeitung abgedruckt werden dürfte. Sie konnte es kaum fassen, da fand jemand gut, was sie geschrieben hatte!
Nichts war in diesem Moment wichtiger, als zurück zu schreiben. Selbst ihre eigene Geburtstagsfeier verlor an Bedeutung. Mutig legte sie die

beiden anderen Gedichte, die sie für Robert geschrieben hatte, mit in den Brief. Wenn es da draußen Leute gab, denen das gefiel, dann sollten sie es auch lesen dürfen. Vielleicht, so überlegte sie, würden sich ja andere in ihren Zeilen wieder finden, so wie sie sich selber in den Texten von ILLUMINATE.

Die folgenden Tage vergingen ohne Höhen und Tiefen. Cosima registrierte Roberts Entschuldigung, doch sie tröstete sie nicht. Fast schon stumpfsinnig tat sie die Arbeit, ihrem Pflichtgefühl gehorchend, doch ohne inneren Antrieb.

Dann lag wieder ein Brief im Kasten. Und schlagartig lebte Cosima auf. Neben den einfühlsamen Zeilen, die Sonny vom Fanclub ihr schickte, lag da ein extra Blatt von Johannes, dem Sänger, an sie gerichtet und sehr persönlich. Auch er schrieb, dass ihm ihr Gedicht gefallen habe. Und er fand gefühlvolle Worte, die ihrer verletzten Seele unendlich gut taten. Da war ein fremder Mensch, den sie nur von Bildern kannte und der keine Ahnung hatte, wer Cosima war, und dieser Mann schien sie besser zu verstehen als ihre ganze Umwelt hier.

Cosima hatte längst bemerkt, dass sich das anfängliche Mitleid der Kollegen gewandelt hatte. Sie alle mussten Roberts schlechte Laune mit ertragen und dann kam schon mal ein Spruch wie: „Könnt Ihr Euch nicht einfach wieder vertragen?" so, als ahnten sie die Zusammenhänge.

Auch ihrem Mann Reiner fiel es zunehmend schwerer, seine Frau zu verstehen. „Wenn es nicht mehr geht mit Euch, dann musst Du eben kündigen!", war für ihn die Alternative. Er konnte es nicht besser wissen.

Im nächsten Brief schickte Cosima den Mitgliedsbeitrag für das nächste Jahr an den Fanclub mit. Sie fühlte eine Seelenverwandtschaft wie noch nie in ihrem Leben. Sie freute sich schon darauf, bald die Fanzeitung lesen zu können, und darin ihre Gedichte.

Schreiben gehörte für Cosima langsam zum Tagesablauf. Die Zeiten, die sie im Sommer mit Robert verbracht hatte, waren nun zu den einsamsten Stunden des Tages geworden. Dann saß sie zu Hause und schrieb in ihr Tagebuch. Oder sie tippte eine Kurzgeschichte in den Computer. Und ab und zu entstand ein neues Gedicht. In allem, was sie schrieb, lagen ihre Gefühle blank. Sie versuchte instinktiv, das Geschehene zu verarbeiten. Mit wem hätte sie reden sollen? Also schrieb sie auf, was sie fühlte.

An manchen Tagen zweifelte Cosima an Ihrer Erinnerung. Robert behandelte sie mit einer Gleichgültigkeit, dass sie sich fragte, ob der letzte Sommer wirklich geschehen war. Doch in ihrem Tagebuch stand es blau auf weiß, Wort für Wort, es war keine Einbildung. Dann hielt sie eins der wenigen Geschenke aus dieser Zeit in der Hand und wusste wieder, dieser Sommer war Realität. Aber er war unwiederbringlich vorbei.

13.

Und so weit hast Du mich nun gebracht:
Ich bin nur noch ein Herbstblatt in den Winden.
Die Kraft lässt nach, die Sinne schwinden;
Dein Duft umgibt mich wie die finstre Nacht.

Es war Herbst geworden, unerbittlich, kalter, unfreundlicher Herbst. Nicht nur auf dem Kalender, auch zwischen Robert und Cosima machte sich ein eisiges Klima breit. Wo einst ein laues Sommerlüftchen wehte, tobte nun ein heftiger Sturm. Noch vor kurzem hätte Cosima auf die Frage nach ihren Lieblingsfarben geantwortet: Rot, weiß, rosa. Jetzt kaufte sie einen Pullover in schwarz mit oliv. Ihre Seele trug Trauer, und sie mit ihr.

Wenn sie morgens aufwachte, dann wusste sie nicht, ob sie sich freuen oder fürchten sollte. Sie freute sich darauf, Robert zu sehen, doch sie fürchtete seinen Umgang mit ihr. Sie freute sich auf ein gemeinsames Frühstück und weinte, weil Robert mit der Kaffeetasse in sein Büro ging und die Tür schloss. Dabei bemerkte sie nicht einmal, dass er ging, weil sie weinte. Er ertrug ihre Tränen nicht, aber er fühlte sich auch nicht in der Lage, sie zu trocknen. Sie hoffte auf ein wenig Zuneigung, auf etwas Liebes, wenigstens auf eine kleine Berührung. Doch wenn Robert sie begrüßte, dann hielt er das Schlüsselbund noch in der Hand, nur um genau das zu umgehen. So empfand sie es.

Den Tag über versuchte sie, die Arbeit zu seiner Zufriedenheit zu erledigen. Sie wollte ihm den Rücken frei halten, ihm so viel wie möglich abnehmen und tat nicht selten des Guten zu viel. Wenn es dann wieder zum Streit kam, ging es immer um Vertrauen. Sie vertraute darauf, es ihm ohne Nachfrage Recht zu machen. Er vertraute darauf, dass sie sich vorher abstimmen würden. Konnte man noch mehr aneinander vorbei denken?

Sie fühlte sich ständig hin und her gerissen und war es auch. War Robert im Büro, dann konnte sie sich nicht darüber freuen, weil sie ständig

Angst vor seinen Reaktionen hatte, die von Schweigen bis Schreien reichten, und auch nur Ausdruck seiner eigenen Hilflosigkeit waren. Doch das drang nicht bis zu ihr durch. Sie weinte heimlich in der Toilette und ahnte doch, dass es so heimlich gar nicht war. Wenn Robert aber das Büro verließ, stand sie schon bald am Fenster und schaute sehnsuchtsvoll hinaus. Der Nebel vor ihrem Fenster war genauso wenig zu durchdringen, wie der Nebel in ihren Gedanken.

Oft erledigte sie ihre Arbeiten nur noch mechanisch. Die kleinste Abweichung im Tagesablauf brachte sie aus der Fassung. Jegliche Freuden des Alltags wurden ihr verhasst. Selbst das Essen erschien ihr wie eine Qual. Sie hätte irgendwann gar nichts mehr zu sich genommen, hätte nicht Robert jeden Mittag darauf gedrungen. Gehorsam ihm gegenüber war sie gewohnt, also gehorchte sie. Aus eigenem Antrieb tat sie nichts mehr. Alle ihre Gedanken richteten sich nur noch auf Robert und die vage Hoffnung, dass es wieder gut werden möge. Einem Kind gleich, das nach einer Dummheit vor dem Vater steht und sagt: „Bin wieder lieb", versuchte sie ständig, um seine Zuneigung zu kämpfen.

Sie wollte stark sein, doch jede Windböe warf sie wieder um. Die seelischen Schmerzen wurden mehr und mehr körperlich spürbar. Sie litt unsäglich, seit Monaten hatte es keinen Tag ohne Tränen gegeben. Bisweilen fragte sie sich selber, wo die noch alle herkamen, so ausgelaugt fühlte sie sich.

Manchmal, wenn es ihr ganz schlecht ging, rief Robert plötzlich an. Und auch wenn sie danach noch heftiger weinte, ging es ihr doch etwas besser. Doch dann gab es diese Tage, wo sie den Anruf so ersehnte und das Telefon blieb stumm. An so einem Abend tat sie, was sie nie getan hatte, es war wie ein unausgesprochenes Verbot gewesen, das sie jetzt brach. Sie rief Robert an. Später wusste sie nicht mehr, mit welchen Worten er sie abgespeist hatte, nur eins wusste sie, seine Ablehnung tat so weh. Der Schmerz war unerträglich geworden.

Mechanisch drehte Cosima den Wasserhahn auf und ließ Wasser in die Badewanne laufen. Aus Reiners Kosmetikschrank nahm sie eine Rasierklinge. Ihre Tränen vermischten sich mit dem Badewasser und dann führte sie die Klinge zum Arm. Es ging ganz leicht und tat überhaupt nicht weh, als sie die Klinge über den Arm zog. Blut strömte heraus und gesellte sich zu der Tränen-Wasser-Mischung. Cosima sah, wie das Blut an ihrem Arm herunter lief und spürte, wie der innere Druck wich. Es war wie eine Befreiung. Als dann das Badewasser in die Wunde drang, spürte sie ein Brennen, etwas, das mehr weh tat als ihre Seele. Und auch die Tränen waren versiegt.

Später verband sie ihren Arm. Die anfängliche Befreiung war längst einer Ernüchterung gewichen. Und sie schämte sich für ihre Schwäche. Froh, dass am Morgen nur noch ein Pflaster ausreichte, versteckte sie die Verletzung unter dem Uhrenarmband und zog den Pulloverärmel drüber. Nein, das musste Robert nicht sehen, was sie da getan hatte. Er musste nicht wissen, wie weit er sie gebracht hatte. Diesen Triumph gönnte sie ihm nicht. Doch es fiel ihr schwer, den Kampf aufzunehmen.

Cosima war schon immer ein eher zierliches Mädchen gewesen, daran hatte auch die Geburt der Kinder nichts geändert. Doch sie fühlte sich wohl, so wie sie war. Wenn sie aber jetzt ihren Körper betrachtete, sah sie selbst, wie dünn sie geworden war. Lag sie in der noch halb gefüllten Badewanne, so bildete sich dort, wo eigentlich so was wie ihr Bauch gewesen war, ein kleiner See mit einem Ufer aus Beckenknochen. Ihr Gewichtsverlust hätte jede Frau bei einer Diät jubeln lassen, doch für Cosima war es eine Gefahr.

Auch Reiner sah, wie sich seine Frau veränderte. Er spürte ihre seelische Not und konnte ihr doch nicht helfen. Als Cosima ihn an einem Sonntag Abend zum LKW begleitete, nahm er sie in den Arm und sprach aus, was sie beide dachten: „Ich habe Angst."

„Ich auch." Cosima hatte Angst um sich und vor sich. Sie wusste nicht, wie lange sie noch durchhalten würde. Nur noch ein Blatt im Sturm der Gefühle, mehr war sie nicht; und oft dem Sterben näher als dem Leben.

Das einzige, was Cosima noch aufrecht hielt, war die Musik von ILLUMINATE und der Kontakt zum Fanclub. Als in der nächsten Ausgabe des Fanmagazins alle drei Gedichte, die sie abgeschickt hatte und sogar noch eine Kurzgeschichte abgedruckt wurden, da empfand sie zum ersten mal wieder so etwas wie ein kleines bisschen Glück. Und es erfüllte sie mit Stolz, ihre Worte da so gedruckt vor sich zu sehen. Und diese Worte würden nun von anderen gelesen werden. Und vielleicht, wünschte sie sich, konnte der eine oder andere ihre Gefühle verstehen und sich in ihren Worten, die sie für Robert geschrieben hatte, wieder finden.

Tim und Jule hatte ihr zu Weihnachten eine Videokassette geschenkt, der Mitschnitt eines ILLUMINATE-Konzerts. Wieder und wieder sah sie es an und da formte sich in ihr ein großer Wunsch: Sie wollte ILLUMINATE live erleben. Doch dafür musste sie erst einmal leben. Danach war es egal, was kam: ILLUMINATE sehen und sterben!

14.

Unsichtbar ein letzter Kuss,

was ist nur mit uns geschehen?

Trotzdem werde ich weiteratmen,

weiterlieben, weitergehen.

Es war nicht leicht für Cosima, den Winter zu überstehen. Die Kälte kam von außen und von innen. Wie sehnte sie sich nach der sanften Wärme des letzten Sommers. Was ihr half war, sich alles von der Seele zu schreiben. Neue Gedichte entstanden und winzige Kurzgeschichten, die immer die Momentaufnahme einer Stimmung waren, mal der gegenwärtigen, dann wieder einer aus der Vergangenheit. Beim Fanmagazin von ILLUMINATE musste sie schon gar nicht mehr fragen, ob ihre Gedichte Anklang fanden. So wie sie bei Cosima aus der Feder flossen, wurden sie gedruckt.

Und auf diese Weise gab es dann für Cosima die kleinen Hochs im Sumpf der Stimmungstiefs, die sie daran hinderten, zu verzweifeln. Denn die

Beziehung zwischen ihr und Robert hatte die Hitze eines Kühlschrankes. Sie versuchten dienstlich, wo es am nötigsten war, miteinander klar zu kommen. Und es gab Tage, da gelang ihnen das auch. Aber viel häufiger waren die Tage, wo einfach nichts klappte zwischen ihnen und Cosima spätestens beim Verlassen des Büros am Nachmittag in Tränen aufgelöst war.

So lief sie dann eines Nachmittags Reiner in die Arme, der seine Frau abholen wollte um ein paar Einkäufe zu machen. Cosima ließ sich völlig kraftlos auf den Beifahrersitz fallen.

„Fahr!", brachte sie nur noch heraus, „nichts wie weg hier!"

Reiner wusste, dass er jetzt nicht erfahren würde, was vorgefallen war, aber er nahm sich vor, endlich direkt zu fragen. Er hatte Cosimas Gedichte gelesen und er wusste, dass sie nichts mit ihm zu tun hatten. Er kannte die erste Kurzgeschichte verstand das, was zwischen den Zeilen stand. Er war verständnisvoll und geduldig, aber nun ging auch seine Geduld zu Ende.

Am Abend sprach Reiner seine Frau direkt auf ihre Beziehung zu Robert an. Cosima weinte, es tat unendlich weh, darüber zu sprechen und sie wusste, es würde auch für Reiner schmerzhaft sein, die Wahrheit zu erfahren. Sie konnte es nicht mehr verheimlichen. Wozu sollte sie es auch? Also begann sie zu erzählen, erst stockend, dann immer fließender ließ sie es raus, was im letzten Jahr passiert war.

Dann saßen sie schweigend da.

„Liebst Du ihn noch?", wollte Reiner wissen.

Was sollte Cosima dazu sagen? Lügen wollte sie nicht.

„Ja, es ist wohl so. Dumm wie ich bin, liebe ich ihn immer noch."

Reiner putzte sich die Nase.

„Und, was wird nun?"

„Nichts. Es ist vorbei." Es war schwer für Cosima, diese Realität zu erkennen und auch noch auszusprechen, viel schwerer, als es in einem Gedicht zu formulieren.

Cosima war klar, dass sie ihrem Mann gerade sehr weh getan hatte. Und sie hoffte inständig, dass ihre Ehe stark genug sein würde, die Krise zu überstehen und dass Reiners Liebe zu ihr ausreichen würde, ihr zu verzeihen.

Denn sie wusste auch, dass nichts wirklich vorbei war. Ein langer steiniger Weg lag vor ihr, eine neue Qualität in ihre Beziehungen zu bringen, ein Zusammenleben zu schaffen, mit dem alle leben konnten. Auch mit Reiner konnte sie erst wieder glücklich werden, wenn zwischen ihr und Robert die Welt wieder in Ordnung sein würde.

In dieser Hinsicht konnte sie Reiner nicht die Angst nehmen. Sie wusste nicht, ob es eines Tages wieder gut werden würde.

Aber in einer anderen Beziehung konnte sie ihn beruhigen.

„Was ist das da mit den Gruftis?", wollte Reiner wissen. Natürlich war ihm Cosimas Veränderung nicht entgangen. Schwarz wurde mehr und mehr zu ihrer Lieblingsfarbe und einschlägige Magazine und Kataloge waren nach Tims Auszug in Cosimas Schrank gewandert.

„Ist das eine Sekte?"

Nun musste Cosima sogar grinsen.

„Nein, das ist nur Musik und ein Lebensgefühl."

„Zieht Dich das nicht noch weiter runter?" Reiner war besorgt.

„Im Gegenteil, die halten mich gerade über Wasser."

Cosima sagte ihm nicht, warum und wie lange sie bereit war, zu leben.

Während Cosima nun an fast jedem Tag in den Erinnerungen versank und hoffte, auch Robert möge sich erinnern, hatte der ganz andere Probleme. Es gab Umstrukturierungen im Firmenverbund, die wie ein Damoklesschwert über allen schwebte. Eines Tages war es dann raus, Marie bekam einen Änderungsvertrag und würde in absehbarer Zeit in einen anderen Betriebsteil wechseln.

Cosima hasste Veränderungen zutiefst, und auch wenn die sie nicht unmittelbar betrafen, so hatten sie doch Auswirkungen auf alle. Robert war mehr noch als sonst gereizt, Cosima nach wie vor seelisch angegriffen; das war eine explosive Mischung, die nur zu Reibereien führen konnte. Kaum verging ein Tag, an dem nicht Robert wütend das Büro verließ und Cosima sich heulend hinter dem Monitor verkroch.

Eines Tages, als sie sich einmal einigermaßen ruhig gegenüber saßen, fragte Cosima:

„Wieso hast Du nicht die Chance genutzt um mich umzusetzen, dann wärst Du mich los gewesen?"

Traurig sah Robert Cosima an.

„Wie kannst Du nur so etwas denken? Ich habe doch gerade alles dafür getan, dass Du hier bleibst!"

Cosima schluckte. Dann wollte Robert also doch noch mit ihr arbeiten! Dann gab es noch etwas, das sie verband. An diesem Gedanken hielt sie sich fest.

In der nächsten Zeit fiel es Cosima auf, dass es immer häufiger einen recht harmonischen Tag zwischen ihr und Robert gab. Die Wogen schienen sich zu glätten. Und sie redeten wieder miteinander. Auf ein verfängliches Thema ließ sich Robert nie ein, aber er wollte immer öfter etwas über Cosimas „Leben als Grufti" wissen, wie er es nannte. Und so versuchte sie, ihm ihre Gedanken nahe zu bringen. Nach einigem Zögern zeigte sie ihm dann auch die Fanzeitung von ILLUMINATE mit ihren Gedichten darin. Er kannte sie alle, aber auch er sah sie nun mit anderen Augen.

„Du schreibst wirklich schön", war das größte Lob, das er ihr machen konnte. Und Cosima versprach Robert, dass er jedes ihrer Gedichte vor der Veröffentlichung lesen dürfe. Schließlich waren sie alle für ihn.

Am Abend klang ILLUMINATE durch die Wohnung: „Doch nur für Dich sind diese Zeilen…"

Ein Konzert von ILLUMINATE, das war Cosimas Traumziel und plötzlich gar nicht mehr unerreichbar. Tom kam mit einem Szenemagazin auf sie zu:

„Mutti, sieh nur, da ist ein Festival, gar nicht mal so weit weg und da treten ILLUMINATE auf! Und außerdem noch andere Gruppen, die ich so gerne mal sehen würde, IN EXTREMO und OOMPH! und PROJECT PICHFORK und sogar WOLFSHEIM. Und weißt Du was, Stefan und Carsten würden auch gerne da hin. Da können wir doch zusammen fahren. Was meinst Du?"

Cosima jubelte innerlich, jetzt würde sie zum ersten mal ein Festival besuchen und ILLUMINATE live erleben!

Zu Tom gewandt blieb sie ganz ruhig.

„Das ist eine gute Idee, wir müssen es nur noch dem Vati beibringen."

Ein paar Tage später bestellte Cosima die Karten für sich, ihren Sohn und dessen Freunde und von nun an war eine riesige Vorfreude in ihr und brachte ihr die Lebensfreude zurück. Der Stress, den es trotzdem immer wieder zwischen ihr und Robert gab, war leichter zu ertragen und prallte manchmal sogar an ihr ab. Als Robert von ihren Plänen erfuhr, fing er an zu lästern. Aber damit konnte sie umgehen, da wusste sie, dass er es nicht böse meinte. Und am Freitag Abend zeigte ihr Handydisplay plötzlich CHEF an und Robert sagte nur:

„Ich wünsche Dir einen schönen Grufti-Tag!"

Dann war er da, der Tag ihres ersten ILLUMI-NATE-Konzerts. Trotz herrlichem Sonnenschein konnte sie die Zeit bis zum Auftritt der Bands in dem schönen alten Park der sächsischen Klein-stadt nicht wirklich genießen. Viel zu aufgeregt war sie. Und als sie ein paar Worte mit einem netten Herrn im ILLUMINATE-Shirt wechselte, drang erst später in ihr Bewusstsein, was er gesagt hatte: „Ich bin der Vater vom Johannes."

Die Jungs hatten sich gleich mit dem Beginn der Auftritte ins Gewühl vor der Bühne gestürzt. Und Stefan, der größte der drei, hatte einen Platz ganz vorn an der Absperrung ergattert. Als der Bühnenumbau für ILLUMINATE begann, lichteten sich die Reihen kurz und Tom schob Cosima nach vorne in Richtung Bühne. Stefan machte seinen Platz frei und da stand sie nun, ihrem Ziel ganz nahe.

Als die ersten Takte der Musik erklangen, traten ihr die Tränen in die Augen. Sie hatte erwartet, dass es schöner als von der CD sein würde, aber mit so viel kraftvoller Ausstrahlung hatte sie nicht gerechnet.

Mit dem Text des ersten Songs schien Cosimas Leben vor ihr abzulaufen.

„Auf Morpheus Armen trag´ ich Dich

Im Karussell um Deine Seele

Zwei Adlerschwingen breiten sich

Um Dein Herz und schützen es"

Ihr Herz bebte, sie zitterte am ganzen Körper, ihre Knie wurde weich. Sie wäre zusammengebrochen, hätte sie sich nicht am Absperrzaun festhalten können. Cosima kannte den Text und sang mit und dann schrie sie es heraus:

„Ich liebe Dich, ich lieb doch nur Dich!"

Als der Sänger dann sang: „Und nur für Dich sind diese Worte", da hing sie an seinen Lippen, sog jeden Ton, jedes Wort in sich auf, so als wäre es wirklich nur für sie.

Jeder einzelne Song schien ihr ein Gleichnis zu sein.

„Zu weit ging die Reise, zu hoch war der Preis
Wir leben vom Rausch der Erinnerung"

Wie konnte dieser Johannes nur so das ausdrücken, was Cosima fühlte?

Und dann rief er ihr kraftvoll entgegen:

„Es werde – ein neuer Tag!"

In ihrem ersten Brief an Sonny und die Band hatte Cosima sich gefragt, ob es für sie einen neuen Tag geben würde. Hier war die Antwort.

Und als der letzte Song erklang, da schrie sie ihre Wünsche und Sehnsüchte noch einmal in den Sommertag:

„Erhöre mich, errette mich, oh bleib bei mir, ich liebe Dich!"

Danach war Stille in ihr, tiefe Stille, nur eine innere Stimme war zu vernehmen:

„Einmal ILLUMINATE ist nicht genug!"

Und ein kleines schwarzes Teufelchen kicherte in ihr:

„Gestorben wird später!"

Die schwierige Heimfahrt mit Wolkenbruch und Gewitter konnte zwar den Himmel trüben, nicht aber Cosimas Stimmung. Sie hatte so viel Kraft getankt, fühlte ungekannte Stärke in sich, es ging ihr seit langem wieder richtig gut.

Die gute Stimmung hielt an und färbte ab, auf die Arbeit, auf die Beziehung zwischen Cosima und Robert, und auch auf ihre Ehe. Ja, Reiner blickte nun auch etwas beruhigter auf seine Frau. Und er wunderte sich kaum noch, als die ihm offenbarte:

„Ich fahre zum Konzert nach Leipzig, in drei Wochen."

Im Internet hatte sie den nächsten Termin entdeckt und sofort eine Karte bestellt. Dieses Mal wollte sie sich mit einem Mädchen treffen, das seit ein paar Monaten ihre Briefpartnerin war. Sie schrieb auch Gedichte, hörte auch ILLUMINATE. Also was lag da näher, als gemeinsam nach Leipzig zu fahren.

Es wurde ein schöner Abend, viel ruhiger als das Festival und viel länger. Die beiden Frauen standen in der ersten Reihe und Cosima fühlte sich getragen von der Musik, so leicht, so glücklich, ganze zwei Stunden lang.

Ans Sterben dachte sie nun nicht mehr, das Leben hatte noch so viel vor mit ihr. Nie in ihrer Jugend hatte sie ein Popkonzert besucht, sie war nur selten in Discos gewesen. Jetzt fing sie an, etwas nachzuholen und sie genoss es in jeder Minute.

Wenn Robert dann „kleiner Grufti" zu ihr sagte, war der Himmel fast schon wieder blau. Jedenfalls bis zur nächsten Wolke, von denen sie nach wie vor nicht verschont blieb. Doch Cosima war jetzt stärker, sie begehrte auf, wenn Robert sie nieder machte. Sie fing an, ihre Meinung zu sagen. Und so warf sie ihm in einem heftigen Streit an den Kopf:

„Wenn Du nicht mehr mit mir kannst, dann wirf mich doch endlich raus! Und wenn Du es nicht tust, dann kündige ich. Ich will endlich wieder ein Mensch sein und mich nicht wie ein abgelegter Putzlappen fühlen!"

Robert blickte an Cosima vorbei und schwieg lange. Dann sah er sie an und sagte nur:

„Bitte bleib."

In diesen zwei Worten lag mehr Verständnis, mehr Vertrauen, mehr Zuneigung, sogar mehr Liebe als in allem, was sich zwischen ihnen vor einem Jahr abgespielt hatte. Das war vorbei, ein für allemal. Aber wenn es ihnen gelingen würde, Ruhe und Frieden in ihre Beziehung zu bringen, dann konnte daraus eine Freundschaft entstehen. Diese Chance wollte sich Cosima erhalten.

Und wenn Robert etwas war, dann ihre Muse. Ohne ihn hätte sie nie angefangen, Gedichte zu schreiben. Und noch immer war er ihre größte Quelle der Inspiration.

In der dunklen Szene bewegte sie sich nun immer selbstverständlicher. Auch andere Magazine bekundeten Interesse an ihren Texten. Durch den Fanclub hatte sie Kontakt zu anderen Autoren geknüpft. So erwachte zum ersten mal der Wunsch in ihr, die Gedichte doch in einem Buch gedruckt zu sehen.

Wieder wurde es Herbst. Wieder kalt, wieder neblig, wieder Rübenernte und Stress und doch ganz anders als im Jahr vorher. Da hatte es keine Geburtstagsfeiern gegeben, keinen Adventsschmuck, keine Freude auf irgendwas. Jetzt war Cosima gut erholt aus einem schönen Urlaub mit Reiner zurück gekehrt. Beim Wandern in der Hohen Tatra hatten Cosima und ihr Mann wieder zueinander gefunden. Sie hatte abschalten können und das Geschehene hinter sich lassen.

Und wieder war Feiertag, genau wie vor einem Jahr. Reiner hatte alles daran gesetzt, mit dem LKW bis nach Hause zu kommen. Aber dann war da dieser plötzliche Stau gewesen, direkt hinter einer Kurve. Er hatte hart in die Bremsen gehen müssen, um einen Unfall zu vermeiden, doch schon in dem Moment war ihm klar gewesen, dass diese Aktion seiner Ladung gar nicht gut getan hatte.

Am Morgen besah er es sich bei Licht. 30 Paletten bester französischer Rotwein waren beim bremsen nach vorne verrutscht, die erste nur wenig, die letzten bestimmt 30 Zentimeter. So würde er die Ladung in keinem Großlager abliefern können, das war ihm klar. Hilfe tat not. Cosima wollte Reiner nur zu gerne helfen und sie wusste auch wie. Doch das ging nur mit Robert, Hilfe gab es nur über ihn. Ohne seine Zustimmung ging gar nichts. Sie musste ihn anrufen.

Cosimas Herz flatterte, als sie die Nummer wählte. Robert ließ nicht erkennen, ob es ihn störte, er hörte sich ganz ruhig das Problem an.

„Nehmt Euch, was Ihr braucht", war alles, was er dann sagte.

Schnell waren die nötige Utensilien bereit gestellt, ein Handhubwagen und ein Wickelgerät mit Stretchfolie, mehr brauchten sie nicht, um die Ladung komplett an der Rampe der Lagerhalle abzuladen und neu gepackt wieder aufzuladen. Zum Glück waren Dank der stabilen Kartons nur wenige Flaschen zu Bruch gegangen.

Der LKW war gerade komplett leer, als ein grinsender Robert an der Rampe auftauchte. Cosima zuckte augenblicklich so zusammen, dass sie sich die Hand an einer Glasscherbe schnitt. Doch Schmerz spürte sie nicht, ihr Adrenalinspiegel war so hoch, dass alles andere nebensächlich war. Robert schob sie zur Seite und begann nun selbst, mit Reiner weiter die Paletten neu zu stapeln.

Zwei Stunden später schien die Ladung so unversehrt wie vorher zu sein. Und Cosima stand da, zwischen ihren beiden Männern, wie sie

Reiner und Robert in Gedanken nannte, und war einfach nur glücklich.

Nun fieberte sie schon ihrem dritten Konzert entgegen. Seit der Fahrt nach Karlsruhe war sie nicht mehr so weit allein unterwegs gewesen, doch nun sollte es bis an die Nordsee gehen.

„Weißt Du was, Tom, wir schenken uns das Konzert zum Geburtstag", sagte Cosima zu ihrem Sohn. Tom war genau wie sie ein Novemberkind, der Termin lag direkt an dem Wochenende dazwischen und so buchte Cosima ein Hotelzimmer und bestellte die Karten.

Doch erst war da noch eine Klippe zu umschiffen, eine böse Erinnerung aus dem letzten Jahr. Aber alles ging gut. Roberts Geburtstag wurde harmonisch gefeiert. Ein paar Tage später weckte sie morgens eine SMS: „Herzlichen Glückwunsch zum Geburtstag! Robert" Und als sie sich dann im Büro gegenüberstanden, da hätte sie diesmal vor Glück heulen mögen. Liebevoll umarmte er sie und küsste sie ganz sanft auf den Mund.

Cosima spürte noch immer, wie sehr sie Robert liebte und dass auch sie ihm nicht gleichgültig war. Aber sie wusste auch, dass es nie wieder ein Mehr zwischen ihnen geben durfte, sie durften sich nie wieder so weh tun.

Am nächsten Wochenende zog Cosima mit Tom los in Richtung Nordsee. Am Nachmittag wanderten sie am leeren Strand entlang und in Cosimas Gedanken war sie schon bei ILLUMI-NATE: „…will ich trotzen den Gezeiten…" ging ihr durch den Sinn.

Später am Abend stand sie direkt vor der Bühne des kleinen Clubs und sang mit Inbrunst jeden Song mit.

„Es werde – ein neuer Tag!" erklang vielstimmig. Cosima streckte ihre Hand nach vorn aus, der Sänger tat das Gleiche und ihre Hände berührten sich, es war wie ein Traum.

Nach dem Konzert gab es Gelegenheit, die Band zu treffen. Etwas schüchtern bewegte sich Cosima auf die Ecke des Clubs zu, der für die Band reserviert war. Sie wollte sich ihre neue CD signieren lassen.

„Was soll ich draufschreiben, wie heißt Du?" fragte Johannes. Sie nannte ihren Namen und Johannes wusste sofort, wer sie war.

„Du bist also Cosima Ratowsky! Schön, dass wir uns nun persönlich kennen lernen."

Plötzlich war alles so selbstverständlich, sie redeten als würden sie sich schon lange kennen.

„Mein großer Sohn hat einmal gesagt, die Musik von ILLUMINATE kann Medizin sein", erinnerte sich Cosima an das Gespräch zwischen ihr und Tim, das ihr nun ein Ewigkeit her schien.

„Ja", pflichtete ihr Johannes bei, „und die ist auch noch absolut rezeptfrei!"

Zum Schluss offenbarte ihm Cosima ihr innerstes Geheimnis. Denn das musste sie ihm unbedingt noch sagen:

„Du hast mir das Leben gerettet!"

ILLUMINATE sehen und sterben? – Nein!

Auch dieses Konzert würde längst nicht ihr letztes sein.

Epilog

**Dein Denkmal soll es sein,
mein zärtliches Gedicht!**

Jahre vergingen, in denen Cosima immer wieder ihre Gedanken und Gefühle in lyrische Worte fasste und ihren Traum weiter verfolgte.

Als eines Tages der Postbote ein großes Paket für sie im Büro ablieferte, da zitterten ihre Hände beim Öffnen. Und dann hielt sie es in der Hand, das erste Exemplar ihres Buches. Die Arbeit daran hatte Monate in Anspruch genommen. Das Wave Gotik Treffen im Jahr zuvor war zum Familienausflug geworden. Tim und Jule und sogar Reiner hatten Cosima zu ihrer ersten Lesung begleitet. Da waren sie und ihre beiden Mitautoren dann auch bei der Suche nach einem Verlag erfolgreich gewesen.

Nun schlug sie das Buch auf und lächelte voller Freude beim Blick auf das einleitende Vorwort.

Kein Geringerer als Johannes, der Sänger, Texter und Komponist von ILLUMINATE hatte es geschrieben!

Cosima legte das Buch auf Roberts Schreibtisch. Eine tiefe innere Ruhe erfüllte sie, so als wäre sie nach langer Reise nach Hause zurückgekehrt.

Sie war angekommen.

Über die Autorin

ISKA, laut Ausweis Isolde Kakoschky, geboren 1957, entdeckte ihr Interesse an der Lyrik schon während der Schulzeit, doch erst im Jahr 2000 begann sie ernsthaft, Gedichte und Kurzgeschichten zu schreiben, um damit ihre emotionale Jugend in Worte zu fassen, und in den folgenden Jahren auch zu veröffentlichen.

Erschienen sind bisher Gedichte in verschiedenen Zeitschriften wie „Orkus" und „Gothic", dem Lyrikmagazin „Sensual", sowie Gedichte und Kurzgeschichten in einigen Anthologien im Verlag Edition Wendepunkt Weiden, im Ubooks-Verlag Augsburg, im Verlag Edition PaperONE Leipzig und in „Meine kleine Lyrikreihe" der Gesellschaft der Lyrikfreunde Innsbruck.

„Wenn die Zeit Flügel hat" – eine Gedichtsammlung gemeinsam mit Michael Sonntag und Diamond of Tears (alias ELLA) erschien 2004 im Mischwesen Autorenverlag München & Neubiberg.

„Novemberseele" – ein Leseheft mit Gedichten und Kurzgeschichten war ihre erste komplett eigene Publikation und erschien 2007 bei Edition PaperONE Leipzig.

„Herbstblatt" – ist ihr erstes Prosawerk, welches, wie bereits alle anderen Texte, eine autobiographische Anlehnung hat und uns zurück führt in die Zeit, als sie mit dem Schreiben begann.

Quellenverzeichnis:

Texte vor den Kapiteln 1 bis 13 und Epilog:
Johannes Berthold
Text vor Kapitel 14:
Sylvia Berthold
Mit freundlicher Genehmigung! –
Danke an Euch beide!
www.illuminate.de
Fotos: Dmitri Mihhailov / Pixmac
www.pixmac.at

Alle im AAVAA Verlag erschienenen Bücher sind
in den Formaten Taschenbuch, Mini-Taschenbuch,
Taschenbuch mit extra großer Schrift
sowie als eBook erhältlich.

Bestellen Sie bequem und deutschlandweit
versandkostenfrei über unsere Website:

www.aavaa.de

Wir freuen uns auf Ihren Besuch und informieren
Sie gern über unser ständig wachsendes
Sortiment.

Auf der nächsten Seite eine kleine Vorstellung
weiterer Romane, die im AAVAA Verlag
erschienen sind:

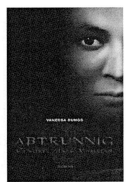

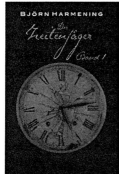

VERLAG

www.aavaa.de